KB097212

나는 나의 밤을 떠나지 않는다

나는 나의 밤을 떠나지 않는다

아니 에르노 소설

김선희 옮김

**Je Ne Suis Pas Sortie
De Ma Nuit**

열림원

이제는 모든 것이 뒤바뀌었다.

어머니가 나의 어린 딸이 된 것이다.

하지만 나는 그녀의 어머니가 될 수는 없다.

차례

*1983*년

12월

어머니는 극도로 쇠약해져서 무기력하고 굳은 표정을 지은 채 거실 의자에 앉아 있다. 입은 벌리지 않았지만 멀리서 보면 마치 벌어진 것 같다.

어머니는 "도대체 찾을 수가 없구나"라고 말한다. (자신의 화장도구 세트와 조끼, 그 밖의 모든 것을 찾고 있다.) 그녀는 물건들을 어디다 두었는지 기억하지 못하는 것이다.

어머니는 당장 텔레비전을 보고 싶어 한다. 내가 식탁 치우는 동안을 기다리지 못하고 성화를 부리는 것이다. 이제 어머니는 오로지 자신의 욕구밖에 모른다.

저녁마다 다비드와 나는 어머니를 침대에 누이러 위층으로 올라간다. 양탄자가 마루에 깔린 지점까지 오면 어머니는 침대에 올라가기 위해서 마치 물속에 들어가듯 한쪽 다리를 높이 들어올린다. 우린 웃었고 어머니도 웃었다. 어머니는 일단 기분 좋게 침대에 눕고 나면, 혹은 화장용 크림을 바르려다가 머리맡 탁자 위의 물건들을 모조리 뒤집어엎고 나면 곧바로 내게 "이제 자야지, 고마워요 부인"이라고 말한다.

의사가 왔다. 어머니는 자신의 나이를 말할 줄은 몰랐지만 자신에게 두 아이가 있었다는 사실만큼은 또렷이 기억했다. 어머니는 "딸 둘이에요"라고 정확히 말했다. 어머니는 브래지어 두 개를 겹쳐 입고 있었다. 내가 열네 살 적, 유월 어느 날 아침의 일이 생각났다. 난 어머니 몰래 브래지어를 착용하고 있다가 들켜버렸고 어머니는 고함을 질러댔다. 나는 어머니에게 혼쭐이 나서 속치마 바람으로 세수를 했던 것이다.

또다시 위가 아파온다. 이젠 더 이상 어머니의 기억상실증에 화가 나지 않는다. 강한 타성에 젖어 무감각해져간다.

어머니와 함께 쇼핑센터에 갔다. 어머니는 가방 가게에서 제일 비싼 검정 가죽 핸드백을 사고 싶어 했다. 어머니는 "최고급으로 줘요. 내겐 마지막 핸드백이라우"라며 되풀이해서 말했다.

그런 후 어머니를 모시고 사마리텐느 쇼핑센터에 가서 이번에는 원피스와 카디건을 샀다. 어머니는 느릿느릿 걸었고 나는 어머니를 부축해야만 했다. 어머니가 아무런 이유도 없이 히죽히죽 웃자 여점원들이 이상스럽다는 듯 우리를 쳐다보면서 난처해하는 것 같았다. 하지만 나는 전혀 거리낄 것이 없었고 오히려 거만스럽게 그들을 아래위로 훑어보았다.

어머니는 필립에게 "내 딸과 어떤 관계시우?"라며 근심스럽게 물었다. 필립은 웃음을 터뜨리며 "남편인데요!"라고 말한다. 어머니도 웃는다.

*1984*년

어머니는 항상 자신의 방과 내 작업실을 혼동한다. 작업실 문을 열었다가 자신이 실수한 것을 알아차리고는 슬며시 도로 닫는다. 이내 걸쇠가 올라가고 문 잠기는 것이 보인다. 마치 방안에 아무도 없었다는 듯이. 일종의 고통 같은 것이 엄습해온다. 한 시간 후에 어머니는 그런 행동을 거듭 반복할 것이다. 어머니는 이제 자신이 어디에 있는지도 모른다.

어머니는 더러워진 팬티를 베개 밑에 감추어둔다. 오늘

밤 나는 예전에 어머니가 감추어두곤 했던 피투성이의 팬티들을 생각해보았다. 어머니는 세탁하는 날까지 창고 속에 넣어두는 더러운 속옷 더미 속에 그 팬티들을 깊숙이 파묻어두곤 했다. 그때 내 나이는 대략 일곱 살쯤이었을 것이다. 나는 황홀에 겨워 피 묻은 팬티들을 들여다보곤 했다. 그런데 지금 어머니의 팬티는 똥투성이인 것이다.

오늘 저녁에 나는 학생들의 답안지를 채점하고 있었다. 거실에서 들려오는 어머니의 목소리는 마치 연극을 하는 것처럼 높아졌다가 잠잠해진다. 어머니는 눈에 보이지 않는 어떤 여자아이에게 "얘야, 밤이 너무 늦었단다. 집으로 돌아가야지"라고 말하면서 아주 쾌활하게 웃고 있었다. 나는 두 손으로 내 귀를 틀어막았다. 뭔가 끔찍한 구렁 속으로 빠져들어가는 것 같았기 때문이다. 나는 연극을 보고 있는 것이 아니다. 혼자서 중얼거리고 있는 사람은 바로 나의 어머니다.

나는 어머니가 전에 쓰기 시작했던 편지 한 장을 발견했다. '사랑하는 폴레트, 나는 나의 밤을 떠나지 않았어'라고 적혀 있었다. 어머니는 이젠 글마저도 쓸 수 없게 되었다. 이 편지의 글들은 마치 전혀 다른 여자가 써놓은 것 같았다. 어머니가 이 편지를 쓴 것은 바로 한 달 전의 일이었다.

2월

식사 중에 어머니는 마치 자신이 농장의 일꾼이고 내 두 아들은 감독관 그리고 나는 농장 주인인 것처럼 이야기한다. 어머니는 크림으로 된 생치즈와 사탕 과자 외에는 그 어떤 것도 먹고 싶어 하지 않는다.

일요일에 조카딸 이사벨이 우리 집에서 함께 점심식사를 했다. 이사벨은 어머니가 터무니없는 말을 할 때마다 참지 못하고 웃음을 터뜨렸다. 어머니의 미친 상태를 비웃을 수 있는 자격을 지닌 사람은 내 두 아들과 나, 오직 우리들 뿐이다. 이사벨이나 외부 사람들은 그럴 만한 자격이 없다. 에릭과 다비드는 내게 "할머닌 너무 지나치세요!"라고 한다. 마치 어머니가 아직도 치매로 인해서 비정상적인 상태인 것처럼 말이다.

　오늘 아침 어머니는 잠자리에서 일어난 후 목소리를 낮춘 채 "침대에 오줌을 누었어. 언제 그랬는지 나도 모르겠어"라고 말했다. 어릴 적 이런 일을 당했을 때 나도 바로 이렇게 말하곤 했었다.

　토요일이다. 어머니는 커피를 토해내고는 기진맥진하여 꼼짝 않고 누워 있다. 한층 더 작아진 눈 주위가 붉게 가라앉아 있었다. 옷을 갈아입히려고 어머니의 옷을 벗겨보니 아직도 살결이 희고 부드러웠다. 옷을 갈아입힌 후 나는 울었다. 예전의 시간이 주마등처럼 머릿속을 스쳐 지나갔다. 나는 지금 다름 아닌 내 몸을 보고 있는 것이기도 했다.

　어머니가 돌아가실까봐 두렵다. 어머니가 세상에 없느니

차라리 미쳐서라도 살아 있었으면 좋겠다.

2월 25일 월요일

　우리가 응급실에서 두 시간이나 기다리는 동안 어머니는 들것에 실려 누워 있었다. 그사이 어머니는 오줌을 누었다. 어떤 소년이 수면제를 먹고 자살을 기도했다. 우리가 진찰실로 들어가보니 어머니는 진찰대 위에 몸을 길게 쭉 펴고 누워 계셨다. 인턴이 복부까지 어머니의 잠옷을 걷어올리자 넓적다리, 음모가 없는 맨송맨송한 음부, 그리고 몇 군데 파열된 피부의 줄무늬가 눈에 띄었다. 대번에 내가 그처럼 적나라하게 전시되어 누워 있는 것 같은 기분이었다.

　내가 열다섯 살 때 죽은 암고양이가 생각났다. 그 고양이는 죽기 전에 내 베개 위에다 소변을 보았다. 그리고 이십 년 전 내가 유산했을 때 쏟았던 피와 분비물들도 생각났다.

병원 복도에서 — 아니, 병원의 노인 병동 이층에서라고 이야기하자 — "아니Annie!" 하고 외치는 소리가 들려 쳐다보니 어머니가 나를 부르고 있었다. 어머니의 방이 바뀐 것이다. 어머니는 백내장을 앓고 있었기 때문에 이젠 사물을 분간하거나 그다지 명확히 볼 수조차 없는데도 어떻게 나의 윤곽을 알아보았을까? 내가 방으로 들어갔을 때 어머니는 "이젠 살았다"라고 말했다. 아마도 그 말의 의미는 네가 있어서 다행이라는 뜻이리라. 어머니는 내게 명확한 세부설명을 덧붙여가면서 무슨 일이 있었는지 다채롭게 이야기해주었다. 품삯도 마실 것도 주지 않는 강제 노역을 해야 했다는 둥, 제멋대로 꾸며낸 이야기가 무궁무진하다. 하지만 어머니는 우리 집에 있을 때와는 달리 그래도 지금은 나를 알아보고 있지 않은가!

어머니는 나를 심하게 냉대했다. 얼굴을 찌푸리면서 "네가 와도 하나도 반갑지 않다! 네 행동거지가 그게 뭐냐. 부끄럽지도 않니?"라고 말했다. 나는 말로 표현할 수 없을 정도로 어리둥절했다. 나는 지난밤 A와 함께 밤을 보내고 오는 길이었다. 어떻게 어머니가 그것을 알았을까? 나는 어릴 적의 심중으로 잠겨갔다. 마치 카인이 살인을 저질렀을 때 모든 것을 꿰뚫어 보고 있던 신처럼 나는 어머니의 눈이 끊임없는 통찰력으로 무장되어 있음을 확인한 적이 있다. 어머니는 "설마, 너 마약을 먹은 건 아니겠지!"라고 말한 뒤 잠시 후에는 "난 세상이 미쳤다고 생각해!"라고 덧붙여 말했다. 나는 들키지 않았다는 사실에 조금은 안심이 되어 웃었다. 이 여인은 이제 다시는 내 속을 훤히 들여다볼 수 있을 정도로 나를 속속들이 파악하지는 못할 것이다.

3월 18일 일요일

　어머니는 저녁 일곱시에 벌써 잠들어 있었다. 어머니를 깨웠다. 어머니는 침대 옆 사람이 방금 연못에 빠진 어떤 소년이라고 상상하면서 "헌병들이 바로 앞 벤치에 앉아 있었는데도 그 소년을 전혀 구하려 들지 않았어"라고 말하며 별안간 내게 "그럼 보름 후에 결혼하는 거냐?"라고 물었다. (그런데 나는 내일 이혼을 요청하러 여변호사를 만나볼 예정이다.)

3월 28일 화요일

　쭈글쭈글 흉하게 변해버린 어머니의 두 손. 관절로부터 불쑥 튀어나온 집게손가락은 새의 발톱과 흡사하다. 어머니는 손가락을 깍지낀 채 비비적거렸다. 난 어머니의 손에서 눈을 뗄 수가 없었다. 어머니는 내게 한마디 말도 없이 저녁 식사 하러 식당으로 가버렸다. 식당으로 들어서는 어머니의 모습을 보는 순간 저 모습이 내 것이로구나, 내가 바로 그녀라는 생각이 여지없이 밀착되어왔다. 어머니가 이렇게 생을 끝맺음한다고 생각하니 통렬한 고통이 밀려든다.

4월 4일 수요일

나는 어머니의 안락의자에, 어머니는 걸상에 앉아 있다. 내 몸이 둘로 쪼개어져 있다는 섬뜩한 기분이 들었다. 나는 '나'면서도 '그녀'였다. 어머니는 주머니 속에 빵을 주섬주섬 챙겨 넣었다. 이 노인네는 먹을 것이 모자라지나 않을까, 배고픔이 두려워서 이러는 것이다. (한동안은 언제나 그렇듯이 각설탕 조각들을 주머니나 손가방 안에 집어넣어두곤 했다.) 어머니는 이곳에선 아무하고도 연락할 수가 없다고 불평을 늘어놓으면서 남자들이란 여자의 뒤꽁무니나 열심히 쫓아다닐 생각만 한다고 투덜거렸다. 일평생 동안 어머니는 이러한 강박관념에 사로잡혀 있었다.

4월 8일 일요일

지난 금요일에는 텔레비전 문학 토론 프로그램인 〈아포스트로프〉에 나갔었다.

오늘 병원에 와보니 어머니는 다른 병실로 옮겨져, 말도 못 하고 병상에 누워 있는 두 사람과 함께 있었다. 간병인들이 어머니를 안락의자에 앉혀드리면서 중심을 잡을 수 있도록 끈으로 비끄러매어놓은 모양이었다. 어머니는 눈 상태가 좋지 않아 몹시 아파하면서 쉴 새 없이 눈꺼풀 위에 침을 발랐다. 어머니는 내게 "밤새 무장 강도가 침입한 일이 있었지만 우리 목숨은 살려주고 가버렸어. 그게 바로 중요한 점이야"라고 말했다. 나는 의자에서 어머니를 풀어주고 복도를 산책시킨 후 간호사에게 어머니의 눈을 보였다. 어머니를 일으켜 세울 때, 환자복 뒷부분이 완전히 벌어짐과 동시에 어머니의 맨등이 드러날 때마다 내 마음은 혹독한 두려움에 휩싸인다.

복도에 있다가 빼꼼히 열린 한 병실 문틈 사이로 어떤 여자가 허공에서 두 다리를 휘휘 퍼덕거리고 있는 모습이 보였다. 그 옆에 있는 여자는 꼭 기쁠 때 내는 소리처럼 킁킁거리며 비명을 질러댄다. 무척이나 쾌청한 날씨였는데도 불구하고 오늘 밤엔 모든 것이 환각을 불러일으켰다.

4월 14일 토요일

어머니는 내가 가져온 딸기 파이를 먹고 있다. 크림 한가운데 들어 있는 과일을 파먹으면서 "여기서는 나를 소홀히 대접해. 검둥이처럼 일만 시키고 먹을 것도 잘 주질 않아"
하고 불평했다. 가난한 사람이 될까봐 두려웠던 어머니의
강박관념을 나는 잊고 있었다.

수많은 사상자를 냈던 독일 포로수용소 부헨발트의 유령
처럼 바싹 말라 뼈만 앙상하게 남은 어떤 여자가 무시무시하
게 눈을 부릅뜬 채 아주 똑바른 자세로 우리 앞에 앉아 있었
다. 그녀가 잠옷을 들추자 기저귀 찬 팬티가 보였는데 음부
에 딱 달라붙어 있었다. 이와 똑같은 장면이 텔레비전에서 방
영된다면 소름 끼치도록 혐오스러울 것이다. 하지만 이런 모
습이 비일비재한 이곳에서는 전혀 그렇지가 않다. 이건 혐오
감을 불러일으킬 일이 아니다. 이것이 바로 여자인 것이다.

4월 부활절 일요일

병실에 도착하니 어머니는 잠을 자고 있었다. 잠시 후 잠

에서 깬 어머니를 씻겨드렸다. 같은 병실에 있는 나머지 두 여자는 서로 아무런 이야기도 나누지 않았다. 오줌과 똥 냄새가 진동했다. 아주 더운 날씨였다. 옆 병실에서 "아! 저희 어머니랑 같은 병원에 계셨던 옛 친구분, 플라시에 부인 맞죠?"라고 외치는 소리가 들린다. 나는 "오늘이 부활절이구나!" 하고 혼자 중얼거려본다. 고속도로 위에는 자동차들이 줄지어 지나가고 있었다. 아름다운 일요일이 다시 돌아온 것이다. 어머니의 옆 사람은 한 손을 팬티 속에 집어넣은 채 누워 자고 있다. 그것은 슬픔을 넘어선 참혹한 모습이었다.

4월 26일 목요일

어머니는 내가 당신을 모시러 왔으며 이곳에서 곧 나가게 될 것으로 생각하고 있었다. 참으로 난감하기 짝이 없는 광경이 벌어진 것이다. 어머니는 사실이 그렇지 않다는 것을 알자 몹시 실망이 컸던지 더 이상 아무것도 먹지 못했다. 어머니의 소망을 들어주지 못하는 난처한 입장에서 지독한 회한이 몰려온다. 하지만 이따금 평온이 찾아오면, 이분은 나의 어머니이긴 하지만 이젠 더 이상 그녀 자신은 아니라는 생각이 든다.

주크의 말을 이해할 수 있을 것 같다. "인간이 육체의 종속으로부터 벗어나기 위한 가장 확실한 방법은 죽는 것이다."

4월 29일 일요일

어머니를 씻겨드린 후 손톱을 깎아드렸다. 어머니의 손이 무척 더러웠다. 어머니는 일시적으로 제정신이 들자 "난 죽을 때까지 이곳에 있을 테다"라고 말한 후 "난 네가 행복해지기 위해서라면 무엇이든 가리지 않고 다했다. 그런데 그

때문에 너는 한층 더 불행했을 거다"라고 말했다.

5월 8일 화요일

어머니가 누워 있었다. 가늘고 자그마해진 어머니의 몸과 뒤로 젖혀진 머리. 어릴 적에 나도 일요일 오후만 되면 마구 뛰어놀고 돌아오는 통에 피곤에 지쳐 머리를 뒤로 젖힌 채 잠자곤 했는데 (나는 그런 자세로 자는 것을 싫어했던가? 지금 어머니의 이런 자세를 보니 왜 이렇게 마음이 언짢아지는 것일까?) 두 다리 사이로 공간이 생기도록 구부린 채 누워 있는 모양도 어린 시절의 나와 똑같다. 어머니는 기저귀를 차고 있었다. 그녀는 얼굴에 부끄러운 빛을 역력히 나타내며 "팬티를 더럽히지 않으려고 차봤다"고 말했다. 게다가 당신이 숭배하는 기독교적 미덕의 자취는 온데간데없이 사라지고 "일평생 동안 일만 하다가 이렇게 끝나다니!"라고 말하며 벌컥 역정을 냈다. 희미한 어머니의 시선은 끊임없이 겉돈다. 오똑 선 코와 뚜렷하고 멋진 윤곽선을 지닌 입술, 어머니의 얼굴 모습은 곧 내 모습이기도 하다.

지금으로부터 이십육 년 전 오늘, 1958년 5월 8일에 있었던 일이 생각났다. 나는 에스파냐 사람인 기 씨를 기다리기 위해서 쉴 새 없이 내리는 비에도 아랑곳하지 않고 시내로 나갔지만 그를 만나지 못했다. 그때 나는 빨간색 우산을 쓰고 두꺼운 모직 망토를 걸치고 있었다.

허탈한 마음으로 승강기에 올라탔을 때 어머니가 앞에 서 있었다. 승강기 문이 다시 닫히자 어머니의 잔소리가 또 시작되었다. 도저히 견딜 수 없는 순간이었다.

5월 13일 일요일

이곳 우스(발두아즈 내에 있는 마을로 이곳에 사설 양로원이 있다)는 퐁투아즈보다 환경이 여러모로 열악하다. 간병인이 내게 "당신 어머니가 오줌을 누었어요. 방안 여기저기에 오줌을 누고 다니니 어쩜 좋아요, 그래"라며 나무라듯 말한다.

어머니를 때려주고 싶은 사디즘적 욕구가 솟구쳐 올라와 나 자신이 소름 끼치도록 무서웠다. 어머니에게 강제로 스타킹과 코르셋을 입히지 않을 수 없었다. 어머니는 코르셋을 엉성하게 졸라매었다. 어머니의 마른 두 다리 사이로 편물로 짜인 팬티를 입혀주었다. 마치 삼각형의 작은 배 같았다. 어머니는 겁이 나서 내 말을 고분고분 잘 들었다. 제정신이 아닌 어머니처럼 나 역시 광기 어린 시선으로 어머니를 쳐다보고 있는 장면이 자꾸만 연상되었다. 나는 소리 내어 엉엉 울고 싶은 마음이 간절했지만 차마 울음을 터뜨릴 수가 없었다. (오로지 어머니의 죽음 앞에서만 그렇게 울 수 있는 자격이 생기는 것일까?) 오늘 내 안에서 비집고 올라왔던 사디즘적인 욕구는 돌이켜보면 내 어린 시절, 다른 소녀들에게 느꼈던 가학적 욕구와 다르지 않았다. 아마도 어머니가 자꾸 나를 공포에 떨게 하므로 보상 심리에서 내가 가학적 욕구를 갖는 것인지도 모른다.

5월 17일 목요일

어머니를 모시러 우스에 갔다. 드디어 퐁투아즈 병원 노인 병리학과의 입원 허가를 받아낸 것이다. 아마도 이것이 어머니에겐 자동차를 타고 하는 마지막 산책이 될 것이다. 어머니는 이런 사실을 전혀 모르고 있다. 우리가 병원 복도에 도착하니 어머니의 얼굴은 일그러졌다. 아마도 어머니는 나와 함께 우리 집으로 되돌아간다고 생각했던 모양이다. 이곳에는 사층에 어머니의 병실이 있다. 여자들이 무리를 지어 우리를 둘러싸고는 어머니에게 반말로 "가지 말고 우리와 함께 있어" 한다. 이 노파들은 꼭 초등학교 신입생과 함께 있는 어린애들 같다. 내가 떠나려 하자 어머니는 "가버린다 구?" 하며 깜짝 놀라 어리둥절한 표정으로 나를 바라보았다.

이제는 모든 것이 뒤바뀌었다. 어머니가 나의 어린 딸이 된 것이다. 하지만 나는 그녀의 어머니가 될 수는 없다.

5월 18일 금요일

어머니는 속치마 바람으로 잠을 자고 있었다. 가슴에는 파란 정맥이 나뭇결무늬처럼 퍼져 있고 팔 안쪽 살갗은 버섯 밑부분처럼 쪼글쪼글하다. 나는 살며시 어머니를 깨웠다. 그러자 어머니는 침대 옆 사람에게 쉴 새 없이 욕설을 퍼부어댔다. 그 부인은 뚱뚱하지만 온화해 보이는 사람이었다.

이 소란 통에 예순여덟 살쯤 먹은, 이곳에선 비교적 젊은 편에 속하는 수염을 기른 남자 간호사가 와서 우리한테 주의를 주었다. 그가 가고 난 후 어머니는 질투심에 불타올라

방금 전 그 옆 사람을 돌아보며 "자, 이젠 만족스럽냐, 사랑하는 의사를 봤으니!"라고 비아냥거렸다. 남자 ── 남자란 참 좋은 것이다 ── 가 아직도 변함없이 머릿속에 잔존해 있는 것이다. 아마도 여자란 욕정이 줄곧 붙어다니게 마련인 숙명적 존재인가 보다.

5월 22일 화요일

　어머니는 "빅토르 위고가 꿈에 나타났는데 그가 방문차 마을에 왔어. 그런데 내 앞에 멈추어 서서 말을 건네지 뭐니"라고 말하고는, 그 꿈을 되새기면서 흐뭇한 미소를 지었다. 바로 나니까 그처럼 위대한 시인에 의해 선택되고 뽑힌 거라는 듯이.

　어머니의 얼굴은 부어올라 이젠 딴사람 같다. 어머니가 능금주를 마시고 싶어 해서 갖다드렸더니 누군가 와서 알코

올음료는 일절 금지되었다고 엄격히 말했다.

5월 25일 금요일

어머니는 또 안경을 잃어버렸다. 이번이 두 번째다. 어디다 두었느냐고 묻고 보니 어머니는 이미 잠들어 있었다. 나는 처음으로 잠들어 있는 어머니를 어린아이 쓰다듬듯 어루만져보았다. 바깥에는 오월의 푸른 향기가 물씬 풍기고 있었다. 오월의 이슬! 어머니는 목욕 수건 위에 오월의 이슬을 받아 모아 피부가 좋아지라고 내 얼굴에 문질러주곤 했다. 오월에 치러졌던 나의 첫 유아 영세 의식 때 어머니는 검정색 투피스 차림에 넓은 챙모자를 쓰고 끈 달린 뾰족구두를 신은 채 아름다운 여인이 되기 위해서 한껏 멋을 부렸다. 그때 어머니는 마흔다섯 살이었고 나는 돌도 채 지나지 않은 나이였을 것이다. 지금 어머니는 뽀얀 다리와 음부마저 드러내

보인 채 눈을 뜨고서 잠을 잔다. 내 볼 위로 눈물이 주르르 흘러내렸다. 옆에서 한 노파가 잠시도 쉬지 않고 담요를 접었다 폈다 하면서 침대를 가지런히 정돈하고 있다. 여자들이란 그저…….

6월 3일 일요일

어머니는 식당에서 어떤 여자와 마주 앉아서 호기심과 사디즘이 미묘하게 혼합된 소름 끼치는 미소를 지으며 그 여자를 쳐다보고 있었다. (내가 언제, 어디에서 어머니의 이런 미소를 보았던가?) 그 여자는 사악한 호기심으로 가득 찬 어머니의 태도에 온통 정신이 홀려버린 듯 눈물을 글썽거렸다. 오늘은 여자들 모두가 미쳤다. 지금 어머니와 한 병실에서 생활하고 있는 여자는 "버터 바른 빵 좀 주세요!"라며 연방 악을 쓰고 있고, 또 다른 여자는 복도에서 혼자 궁시렁거렸다. 이곳 어디서나 술렁이고 있는 이 이상야릇한 거대한 동요는 도대체 무엇이란 말인가!

6월 7일 목요일

어머니는 매번 "여기서 내 여생을 마칠 거야"라고 말한다. 어머니는 항상 우리 시어머니에 대한 집요한 질투심에 사로잡혀 있었다. 어머니는 오늘도 "레이몽(아마도 내 남편 필립을 말하는 것이리라)의 어머니였더라면 사람들이 조그마한 자리라도 양보해주었을 텐데. 나한텐 도무지 자리도 양보해주질 않는다니까" 한다. 어머니와 한 병실에서 생활하고 있는 노파와 마주칠 때마다 두려워서 소름이 오싹 돋는다. 이 노파는 병실 입구에서 나를 보기만 하면 그 즉시 "화장실에 가고 싶어!"라며 고함을 질러댔다. 일단 화장실에서 볼일을 보고 나와서는 기저귀를 손에 움켜쥔 채 더욱 큰 소리로 악을 써가며 팬티를 다시 입혀달라고 한다. 나는 해달라는 대로 해준다. 코도 풀어주지 않으면 안 된다. 어머니는 그 노파를 쳐다보며 "저 여자 너무 끔찍해. 자식이 벌써 셋이나 된대"라고 말한다.

6월 15일 금요일

내가 도착했을 때 어머니는 찌푸린 표정으로 승강기 옆에 앉아 있었는데 아주 낮은 목소리로 웅얼거리고 있었기 때문에 무슨 말을 하는 건지 거의 알아들을 수가 없었다. 복도에서 어머니는 허리를 반쯤 구부린 채 당신의 병실 쪽을 향해 걸어갔다. 어머니는 마카롱 과자를 주자 먹지는 않고 부스러뜨리기만 했다. 내게 이런 식으로 사랑을 요구하고 있는 어머니를 보니 울고만 싶었다. 내가 어머니에게 드릴 수 있는 사랑이란 이 이상 더는 충족시켜드릴 수 없는 한계에 달한 사랑이었다. (어린 시절엔 그토록이나 어머니를 사랑했건만.) 나는 내 자신이 A에게 요구했던 사랑을 생각해보았다. 지금이나 그때나 내게서 멀어지기만 하는 사랑을.

다시 승강기에 올라탔을 때 순식간에 도로 닫혀버리는 양쪽 문틈 사이로 어머니의 얼굴이 언뜻 보였다. 철커덕 문 닫히는 소리와 함께 어머니가 영원히 사라지는 것만 같았다.

언제나 똑같이 반복되는 병문안. 우리는 마주 앉아서 다소 정상적인 몇 마디 말만을 나눌 수 있을 뿐이다. 나는 다른 여자들도 알게 되었다. 그중 상당히 젊어 보이는 어떤 여자는 복도에서 끊임없이 똑바로 앞을 향해서 빠른 걸음으로 성큼성큼 걸어다닌다. 이 여인은 라벨의 작품 〈어린이와 마법〉에 나오는 고장 난 괘종시계를 닮았다. 오늘 이 여인에게 남편이 있다는 사실을 알게 되었는데, 대략 예순 살 정도의 나이에 푸른색 양복을 입은 그는 눈이 새빨갛게 충혈되어 있었다.

어떤 간호사가 전화기에 대고 "한 사람이 빈사 상태에

빠졌다고?"라며 소리친다.

6월 23일 토요일

    일층 로비에는 파자마를 입은 한 노인이 항상 진을 치고 있었는데 전화를 걸려고 무척 애를 썼다. 어느 날 이 노인이 종이 위에 적힌 전화번호를 내게 보여주길래 그대로 다이얼을 돌려주었지만 틀린 번호였다. 하루 종일 이 노인은 아마도 어떤 단체 혹은 자식들 중의 하나인 듯한 누군가와 통화를 하고 싶어 했지만 그것은 매일 아침 반복되는 희망 사항일 뿐이었다.

    어머니 옆에 있는 자그마한 노파는 콧물이 흘러내려 블라우스 위에 방울져 떨어졌다. 극도로 쇠약해진 어머니는 아무것도 쳐다보지 않는다. 거의 타인과 격리된 상태다. 어머니는 이젠 개인 소지품을 몽땅 잃어버리고 찾으려 하지도 않는다. 모두 포기해버린 것이다. 어머니가 우리 집에 있을 때 화장도구 세트를 찾아내기 위해서 필사적으로 애쓰던 일이 생각났다. 그때까지만 해도 어머니는 사물들에 집착함으로써 세상에 매달려 있고자 고군분투한 것이었다. 지금은 이처럼 외부세계에 전혀 무관심한 어머니를 보니 내 가슴이 미어지는 듯하다. 어머니는 이제 아무것도 가진 게 없다. 손목시계도 화장수마저도 없어지고 지금 갖고 있는 것이라곤 먹을 것밖에 없다.

이곳에는 문병 오는 사람들이 정해져 있다. 항시 보아왔던 몇 명 안 되는 문병객만 만나게 된다.

7월 12일 목요일

스페인에 다녀왔다. 내가 식당 문 앞에 모습을 드러내자 어머니는 갑자기 식탁에서 벌떡 일어나셨다. (예전에 나는 학교 기숙사 운동장에서 계단 꼭대기에 앉아 있다가 멀리서 어머니를 알아보곤 몸을 우뚝 일으켜 세우곤 했다. 지금 어머니가 느끼는 반가움도 그 당시 나의 행복감과 동일한 것이리라.) 어머니는 우렁찬 목소리로 "제 딸을 소개할게요!"라며 자랑스러워했다. 어머니 주위에 앉아 있던 여자들이 "참 예쁘네요!"라고 하자 어머니는 행복해하는 것 같았다. 우리는 정원으로 내려가 벤치 위에 앉았다. 내가 열 살 때 어머니와 함께 전립선 수술을 받은 삼촌한테 문병 갔던 일을 생각해보았다. 그곳은 루앙에 있는 시립병원이었다. 짙은 자줏빛 실내복을 입은 남자들과 여자들이 화창한 햇빛 아래 산책하고 있었다. 그 당시 나는 사람이 병약하다는 사실이 그렇게도 슬플 수가 없었다. 그러면서도 한편으로는 어머니가 건강해서 병과 죽음의 타격을 받지 않고, 또 병원에 있지 않다는 사실이 사뭇 고마울 따름이었다.

우리는 다시 승강기에 올라탔다. 승강기 모퉁이에 거울이 걸려 있었고 그 속에 비친 우리의 모습을 보니 어머니는 허리가 몹시 휘어져 구부정한 자세로 서 있었다. 하지만 어머니가 어떤 모습을 하고 있든지 간에 중요한 건 지금 내 곁에 살아 있다는 사실이다.

7월 26일 목요일, 부아지보에서

나는 어머니가 결코 자신의 몸을 애틋하게 아낀다거나 돌보는 행동을 한 적이 없었다는 사실을 회상해보았다. 나와 마찬가지로 어머니는 한 번도 얼굴을 마사지한 적도 없었고 머릿결을 가꾼다거나 팔을 손질한 적도 없었다. 그저 블라우스의 터진 구멍 사이로 한 손을 슬그머니 밀어 넣곤 할 정도로 거리낌 없이 행동하는 분이었다. 매일 저녁 항상 피곤에 지친 몸을 이끌고 의자에 풀썩 주저앉곤 했던 어머니는 괄괄한 성격의 소유자로 단지 종교라는 철책을 통해서만 유일하게 제약을 받았다. 이처럼 한정된 철책을 통해서 어머니는 세상을 해석해 나갔던 것이다.

내가 쓴 소설 『아버지의 자리』에서 아버지에 관한 글을 썼던 것처럼 과연 내가 어머니에 관한 책도 쓸 수 있을지 의심스럽다. 어머니와 나, 우리는 서로 실제적인 거리감을 느끼지 않았고 언제나 일체감 속에서 살았는데…….

8월 11일 토요일

오늘은 웬일인지 어머니를 만나러 가는 일이 마치 나와 관련된 참다운 본성을 파악하러 가는 듯하여 퍽 만족스러웠다. 하지만 어머니의 모습을 보는 순간 또다시 눈앞이 캄캄해졌다. 어머니는 바로 내 미래의 노년기 모습이었다. 어머니의 다리 살갗은 결마다 주름살이 잡혀 있고, 이제 막 머리를 짧게 잘라주어 쭈글쭈글한 목이 훤히 드러나 보였다. 차

츰차츰 노쇠해가는 어머니의 몸. 나의 내면 깊은 곳에도 이같은 육체적인 피폐가 닥쳐오고 있는 듯한 위협을 느꼈다. 어머니는 예전에 경험했던 두려움이 항상 되살아나는지, "공장 사장은 성격이 까다로워. 우리가 일을 전부 해치웠는데도 임금을 잘 주질 않아"라는 등, 결코 그 두려움이 사라지지 않는 모양이다. 어머니는 내가 가져온 것은 무엇이든 쩝쩝거리며 소란스럽게 먹는다.

　이곳은 음식물과 오줌, 똥 냄새가 모두 뒤범벅되어 진동하기 때문에 승강기에서 내리자마자 이 냄새들이 코를 찌른다. 대체로 여자들은 둘씩 짝을 지어 다니는데 한 사람이 다른 사람을 지배하는 관계다. 따라서 이와 같은 지배의 원리대로 무척 키가 크고 자세가 곧은 한 여자가 키가 자그마하고 허리가 굽은 상대방 여자에게 무언가를 강요하고 있었다. 키 작은 이 여자는 한쪽 방향으로 복도를 다 걸어간 뒤 다른 쪽 방향으로 걸어오는 행동을 반복한다. 이 여자는 이렇게 복도에서 걸어다니려고 어디를 가든지 항상 실내화를 갖고 다닌다. 지배와 피지배의 관계란 하나의 감옥일 수밖에 없다. 어머니는 종속관계를 떠나 늘 혼자였다.

다시 승강기에 올라탔을 때 나는 다시금 거울 속에 내 모습을 비춰보고 난 뒤 안도의 한숨을 내쉬었다.

8월 20일 월요일

어머니를 보러 갔다. 내겐 사랑 이야기가 있으므로 난 아직 젊다고 할 수 있다. 십 년 혹은 십오 년 후가 되면 이번에는 내가 노인이 되어 이곳을 다시 밟게 될 것이다.

오늘 어머니는 반입이 허용되는 물건들과 여러 벌의 옷을 샀다. 하지만 이제 어머니는 자신의 것이라곤 아무것도 가질 수가 없었다. 지금 어머니는 새로 사온 옷 대신 병원복을 입고 있는데 옷이 더럽혀졌을 때 세탁이 더 용이했기 때문이다. 어머니는 이곳 병원에 도착했을 때 집에서 가져왔던 옷가지들과 안경을 몽땅 잃어버렸다. 육 개월 전 우리 집에 계실 적에 그토록이나 애지중지하던 물건들이었다. 여기서는 한번 잃어버린 물건은 다시는 찾을 수가 없다. 키가 크고 검은 머리에 간호사 캡을 쓴 수간호사는 거만스러웠다. 어차피 이 노파들은 죽게 될 것이라는 식의 냉담한 태도가 역력했다.

괘종시계를 닮은 여자는 복도에서 직진하다가 한 노인과 마주치자 그 노인의 한 손을 잡아당겨 입맞춤하고는 다시 지나가버린다. 또 다른 두 여자는 복도에서 손을 잡고 걸어가다가 내 앞에 멈추어 서서 "안녕하세요, 부인!" 하고 두 번씩이나 되풀이해서 인사를 했다. 마치 자기들이 방금 내게 인사했다는 사실을 잊어버린 것처럼 혹은 나를 모르는 사람 대하듯이 또 인사를 하는 것이다.

8월 24일 금요일

집에 남아 있던 어머니의 옷가지들을 가톨릭 구호품으로 내놓거나 퐁투아즈의 벼룩시장에 내다 팔 작정이다. 도리가 아닌 것 같아 죄의식이 든다. 어머니의 바느질 상자와 단추통, 골무는 내가 그대로 간직할 것이다.

난 지금, 나도 모르게 치솟아오르는 감정에 편승한 채 글을 쓰지 않으려고 노심초사하고 있다.

8월 29일 수요일

어머니를 보러 오기로 했던 두 번의 약속 중 한 번은 깜빡 잊고 오지 못했다는 사실을 이제야 깨달았다. 어머니는 "물에 빠져 죽어버렸음 좋겠다"고 했다. "뭐라구요, 엄마?"라고 되물으니 어머니는 "내가 언젠가 먹고 싶다고 했던 생선은 어떻게 된 거냐?"하고 추궁했다. 그런 후 어느 순간에는 "회복될 수 없을까봐 두렵구나"라고 말했다. 어머니의 두 손과 몸이 몹시도 싸늘했다. 정신질환자들이 흔히 그렇듯이 어머니의 시선은 늘 무언가를 망연히 바라보고 있다.

9월 3일 월요일

내가 썼던 소설『빈 장롱』이란 책을 폴리오 판으로 인계해주기 위해서 다시 읽어보았다. 결말 부분을 보니 내가 다섯 살 때 간직하고 있던 어머니에 대한 이미지가 그려져 있었다. 나는 어머니를 꽉 막힌 놈이라고 불렀던 것이다.

병원 실내에서는 여전히 여름날의 열기가 아물거린다. 겨울같이 시린 여름날의 열기가 광적으로 맴도는 것이다. 이곳에선 시간의 흐름이 소멸되었다. 여자들 전체가 꽃무늬나 줄무늬가 그려진 앞치마를 두르고는 하녀로 변신해 있다. 이들 중 키가 크고 힘센 여자 하나가 목을 웅장하게 곧추세우고는 숄을 두른 채 뽐내고 있는 모습이 프랑수아즈 프루스트를 닮았다.

어머니는 내게 "넌 집에 있는 게 지겹지도 않니?"라고 묻는다. 어머니가 나와 연관지어 무슨 말을 할 때에는 어머니 자신의 상태가 바로 그렇다는 뜻이다. 얼마나 적적했으면 그랬을까! 그렇지 않다면 지겹다는 이 말이 이제 어머니에겐 무의미할 정도로 일상이 되어버린 것일까? 지금 어머니는 자신의 생애에 대해서 무엇을 기억하고 있는 것일까? 어머니에게 인생이란 어떤 의미가 있는 것일까?

9월 11일 화요일

어머니가 팬티에 오줌을 누는 꿈을 꾸었다. 실제로 어머니가 처음으로 팬티에 오줌을 누었을 때 나는 엄청난 충격으로 대경실색했었다.

어머니를 뵈러 갈 때마다 매번 씻겨드려야만 한다. 불란서 좌익 신문사 축제인 위마 축제 때 나는, 자기 스스로를 남성이라고 생각하는 어떤 여자 옆에 있었다. 그 여자는 푸르스름한 피부를 지녔는데 나는 그 여자를 피해서 무의식적으로 어머니에게 다가섰다.

오늘 어머니는 어떤 질문을 해도 잘 알아듣질 못한다. "안녕히 주무셨어요?"라고 물으면 "그럼 깨끗하고말고"라고 대답한다. 어머니는, 상점에 쇼핑하러 갔는데 사람들이 너무나 북적거려 발 디딜 틈도 없었다는 둥, 마치 자신이 정상적인 생활을 하는 사람인 양 아침부터 무슨 일을 했는지 시시콜콜히 설명한다. 실제로 실행될 수 없는 일들을 보상받

기 위해서 어머니는 이렇게 상상력을 발휘하는 것이다! 그런
후 마지막으로 "난 오랫동안 이 매음굴에서 나가지 않을 거
야"라고 말했다.

9월 17일 월요일

　차갑지만 아직 살아 있는 어머니의 얼굴을 씻기면서 살
펴보니 초롱초롱했던 눈망울이 이젠 빛을 잃어버렸다. '어린
시절 엄마를 바라보던 나의 눈은 어디로 갔단 말인가? 삼십
년 전 내가 그토록 두려워했던 어머니의 눈은 도대체 어디에
있는 것인가?' 하고 나는 생각해보았다.

　내가 식당에 들어갔을 때 어머니는 잠시도 쉬지 않고 한
손으로 식탁을 문지르고 있었다.

　꽃무늬 앞치마를 두른 지금의 어머니 모습은 옛날 우리
가 릴본느에 살 적에 파출부 일을 해주러 왔던 뤼시와 비슷

했다. 그 여자는 이가 없었고 어머니도 지금은 이가 다 빠지고 없다. 틀니마저 잃어버렸다.

이번 주에 배달된 우편물 중에는 어머니 앞으로 온 편지가 한 장 있었는데 '백만장자 프랑스, 행운의 소식'이라고 씌어 있었다. 활짝 미소짓고 있는 안느 마리 페이송이란 여자의 사진이 붙어 있는 측면에는 다음과 같이 적혀 있었다. '안느 마리 페이송으로부터 이천오백만 프랑짜리 수표와 약간의 돈을 받게 될 사람이 과연 블랑쉬 뒤센느 부인일까?' 편지 밑부분에는 어머니의 이름이 적혀 있는 복사된 수표가 한 장 붙어 있고 사진도 한 장 있었는데 '세상에 단 하나뿐인 블랑쉬 뒤센느 부인의 전자 인물 사진으로, 일 미터의 간격을 두고 관측하여 선명히 나타난 사진임'이라고 덧붙여 씌어 있었다. 일 미터의 거리라고 해도 보드라운 입술을 지닌 젊은 여자의 얼굴 윤곽임을 쉽게 알아볼 수 있었다. 여러 번 반복해서 어머니의 이름을 언급함으로써 어머니가 선택되었다는 사실을 보장했으며 시월 오일 전까지 어머니가 회답을 주면 어머니는 그 돈을 받을 수 있다는 내용이었다. 머저리들 같으니라구! 안느 마리 페이송이란 여자의 목덜미를 움켜잡아 퐁투아즈 병원으로 끌고 가서 오랫동안 처박아놓고 싶었다.

9월 23일 일요일

며칠 전 기차 안에서 어떤 수녀를 보았다. 그녀의 두 눈은 돌출되긴 했지만 반짝거리면서 사람들을 뚫어지게 쳐다보고 있었다. 그것은 분명 사람들을 문책하는 얼굴빛이었다. 나도 심문을 받는 듯하여 몹시 거북스러웠다. 어머니를 잘 모시지 못한다는 자책감과 함께 어머니를 다시 한번 생각해보게 되었다.

간호사는 내게 어머니가 항상 나에 관해서만 이야기한다고 했다. 또다시 죄의식이 고개를 든다. 나는 어머니가 자주 나를 어머니 자신으로 착각하고 있다는 사실도 알아차릴 수 있었다.

나는 언니의 죽음으로 인해 태어났다. 언니의 자리를 대신한 것이다. 따라서 나는 나를 닮은 데가 없다.

9월 29일 토요일

내가 식당에 도착했을 때 사람들은 모두 텔레비전을 보고 있었다. 그 틈에 끼어 있던 어머니만 고개를 돌려 나를 쳐다보았다. 항상 나를 기다리고 있는 것이다.

가장 고통스러운 것은, 어머니가 예측할 수도 없는 일을 저지른다는 점이다. 어머니가 드실 비스킷이 남아 있는지 확인하려고 머리맡 탁자의 서랍을 열었다. 나는 서랍 속에 들어 있는 것이 당연히 과자라고 생각하고는 집어들었다. 그것은 똥 덩어리였다. 나는 소스라치게 놀라 당황한 나머지 얼른 서랍을 도로 닫아버렸다. 곧이어 떠오른 생각은, 만약 내가 서랍 속에 똥 덩어리를 그냥 내버려둔다면 사람들이 이를 발견할 테고 그렇게 되면 어머니가 얼마나 쇠퇴했는지를 사람들에게 확인시켜주는 결과가 될 것이라는 점이었다. 나는 무의식적으로 이를 은근히 바랐을 것이다. 나는 그것을 종이로 싸서 화장실로 가져갔다. 어린 시절의 에피소드가 생각났다. 나는 안뜰에 있는 화장실로 내려가기가 귀찮아서 방안에서 볼일을 본 후 방에 있는 문갑 속에 똥을 감추었던 것이다.

오늘 어머니는 엉뚱한 말만 한다. "단어에서 a와 o가 바뀌었어." "마리 루이즈가 자꾸만 날 보러 와." 어머니의 여동생 마리 루이즈가 세상을 떠난 건 이십 년 전의 일이었다.

이제부터는 일요일마다 어머니를 보러 간다. 텔레비전에서는 자크 마르틴이 나오는 〈광인들의 학교〉가 방영되었는데 아이들이 노래 부르고 있는 모습을 노인들은 넋을 잃고 쳐다보고 있었다. 어머니와 함께 병실로 들어섰을 때 도저히 견딜 수 없는 똥 냄새 때문에 숨이 막힐 지경이었다. 어머니와 나는 마주 보고 앉았다. 어떤 여자가 평소의 습관대로 "과자 좀 주세요!"라며 아우성치고 있지만 아무도 와보지 않는다. 내가 그 여자에게 다가서자 그녀가 앉아 있는 안락의자 주위에 똥 더미가 수북이 쌓여 있는 것이 눈에 띄었다. 간병인을 불러 자초지종을 물으니 그런 짓을 한 사람은 기저귀를 차고 있는 그 노파도, 우리 어머니도 아니라고 자신 있게 말했다. 아마도 어떤 노인이 아무 병실에나 들어가서 바닥에 볼일을 보는 것 같았다.

이번에도 어머니가 나를 쫓아 승강기에 같이 올라타려

하기 전에 나 혼자서 재빨리 승강기에 올라타고는, 양쪽 문이 자동으로 닫히기를 기다릴 경황도 없이 어머니의 얼굴을 문 뒤로 남겨둔 채 즉시 작동 버튼을 눌렀다. 진땀이 흐르는 순간이다. 언제나 이렇게 어머니와 실랑이를 벌이는 것이 고통스럽다. 오늘 아침, 동네 제과점에서 어떤 여자가 어린 딸에게 요란스럽게 손찌검을 해댔다. 아이는 창피했을 텐데도 자존심이 강해서인지 반항심 때문인지 전혀 울지도 않았다. 그 아이 어머니의 얼굴 표정이 딱딱하게 굳어졌다. 그 광경을 보고 있자니 내 속이 뒤집히는 것 같았다. 우리 어머니도 사소한 일로 내 뺨을 때린 적이 있는데 그때가 생각났기 때문이다.

10월 12일 금요일

어머니가 구월부터 이듬해 이월까지 우리 집에 계셨던

때를 회상해보았다. 어머니를 이해하지 못하고 애써 외면하려 했던 무의식적인(?) 나의 잔인성과 이제는 어머니가 기억상실증에 걸리고 매사에 겁에 질려 안절부절못한 채 어린아이처럼 내게 매달리는 그런 여자가 되어버렸다는 사실을 극구 부인하고 싶어 했던 나의 심정들이 떠올랐다. 그래도 어머니의 상태는 지금보다 그때가 양호한 편이었다. 그 당시적어도 어머니에겐 욕구가 있었고 자기방어를 위한 공격성을 지니고 있었다.

처음으로 나는, 내가 어머니와 함께 있지 않은 시간 동안 어머니가 이곳 병원에서 어떤 생활을 하고 있는지 실제적으로 생각해보게 되었다. 기껏해야 어머니가 하는 일은 식당에서 식사나 하고 하염없이 나를 기다리는 일이 고작일 것이다. 나는 장차 엄청난 죄책감을 느끼게 될 것 같다. 하여간죄책감을 간직한 채 살아간다는 건 생명이 멈추어버린 것과다를 바가 없었다. 나의 삶이 고통과 죄책감으로 소멸되는이치와 같은 것이다. '어머니'는 곧 '나'임을 실감한다. 나는 어머니가 글로 쓴 마지막 문장을 상기해본다. "나는 나의 밤을 떠나지 않는다."

전기스탠드 등등, 어머니가 남겨둔 소지품들을 정리하지 않을 수가 없다. 박물관처럼 어머니의 물품들을 보존하고 싶었는데 이젠 어찌할 수가 없다.

나는 다른 노파들의 안색과 두 다리의 상태가 어떠한지 끊임없이 어머니와 비교해서 관찰한다. 어머니가 지금 어느 정도의 상태까지 와 있는 건지 알기 위해서다.

10월 19일 금요일

어머니가 예전에 착용하곤 했던 코르셋이 기억난다. 어머니가 그 코르셋을 입으면 가슴 밑쪽에서부터 엉덩이 중간 부분까지 몸체의 하복부가 꽉 조여들었다. 십자형으로 교차된 코르셋 끈 사이 사이로 줄무늬가 언뜻 보이곤 했다.

A가 준 낡은 책, 『고해성사를 듣는 신부의 초록』을 읽었다. 내가 어린아이였을 때 진지하면서도 따뜻하게 나를 바라보던 어머니의 눈길이 떠올랐다. 어머니가 곧 나의 고해성사를 들어주는 신부였던 것이다.

10월 28일 일요일

어머니는 몇몇 고객과 술잔치를 벌일 때 친구들을 일컬어 패거리라고 불렀는데 어머니가 이 말을 즐겨 사용했던 이유는 어려운 표현들을 알고 있다는 사실을 과시하고 싶어서였다. 어머니는 무엇보다도 망신당하는 것을 조금도 참지 못하는 성격의 여자였다.

열여섯 살 때 내가 그려본 영상은 이러했다. 소년들이란 사랑의 대상이며 이들에게서 열광적이고도 줄기찬 사랑을 기대할 수 있다고 믿었다. 하기야 어머니는 항상 "넌 아직 너무 어려서 아무것도 몰라. 앞으로 시간은 얼마든지 있어!"라고 경고했지만 말이다. 그렇지만 시간은 결코 많은 것이 아니었다.

어머니에 관해 글을 쓴다는 것 자체가 필연적으로 글쓰기에 대한 본질적인 문제를 제기하게 만든다.

10월 29일 월요일

어머니의 몸은 갈수록 왜소해지고 얼굴 표정도 점점 더 일그러져간다. 어머니는 뒤트임으로 된 앞치마 하나만 달랑 입고 있어서 등과 엉덩이, 망사로 짜인 팬티가 드러나 보인다. 이중 유리창 너머로 눈부신 햇살이 비쳐든다. 나는 생각에 잠겨 이십 년 전 대학 기숙사 생활을 하던 시절 나의 방을 떠올린다. 빛이 쏟아져 내리는 창 앞에서 얼마나 감미로운 상상의 나래를 폈던가? 하지만 지금 어머니와 함께 있는 이 병실에서는 그 어떤 것도 상상할 수가 없다.

그 자그마한 노파는 가느다랗게 휜 다리로 지탱하고 서서 여전히 소리를 빽빽 질러대며 변소에 데려다달라고 아우성친다. 노파가 꽤 오랫동안 변소에 있길래 볼일을 보는 동안 나는 어머니 곁에 돌아와 있었다. 나는 초등학교 이 학년 때 장염 발작으로 고생했던 일이 생각났다. 그 당시 나는 사르트르의 소설 『구토』를 읽고 있었는데 통증이 오는 배를 움켜잡고 이 자그마한 노파처럼 몸을 움츠린 채 쩔쩔맸다. 그땐 이월이었고 햇볕이 가득 내리쬐고 있었지만 쌀쌀한 날씨였다.

10월 31일 수요일

지금 이 순간 어머니가 무척 생각난다. 사건이 일어난 지, 다시 말해서 어머니가 실제로 피폐해지기 시작한 지도 벌써 일 년이란 세월이 흘렀기 때문이다.

세르지에 있을 때 우리가 살았던 집이 꿈에 보였다. 지금 그 집은 국유지가 되어 사람들이 아주 빈번히 드나드는 장소가 되어버렸다. 꿈속에서 어떤 가정부 한 사람이 비옷 차림으로 뜰을 가로질러 가고 있는데 (어머니의 분신이었던 가?) 이 가정부의 모습이 확연히 드러나자 나는 그에게 "미친 짓 좀 그만해!"라고 말하고 있었다.

한 가지 기억이 떠오른다. 루앙 근처에서 돼지고기 장사를 하는 어머니의 남자 사촌은 어머니한테 "잠옷 입고 널 유혹이나 해볼까!"라며 웃으면서 말하곤 했었다.

나는 나의 밤을 떠나지 않는다

11월 4일 일요일

내가 병실에 도착한 그 순간 어머니와 한 병실을 쓰고 있는 그 자그마한 노파는 자신의 침대 뒤에 서서 소변을 보기 시작했다. 그러고 난 후에 울면서 "나 오줌 쌌어"라고 한다. 식당에서 어떤 여자는 무슨 일을 하든지 간에 자기가 지금 하고 있는 일에 대해서 계속해서 삼인칭으로 노래 부른다. "그녀는 속옷을 정돈한다네. 랄랄라." 자신의 이성적 사고를 망각해버린 이들 모두에겐 뽀얀 육체만 남아 있을 따름이다.

11월 24일 토요일

어머니와 같은 병실에서 생활하는 그 자그마한 노파, 여전히 찢어질 듯한 목소리로 고함쳐대는 바람에 매번 나를 혼

비백산하게 만드는 그 노파를 죽여버리고 싶다.

어머니의 슬리퍼를 샀다. 슬리퍼가 맞는지 어머니가 신어보려면 여러 켤레를 가져가봐야 한다고 가게 주인에게 상황을 설명했더니 자신의 어머니도 치매에 걸렸다면서 목소리를 낮추어 이야기했다. 그는 자기 어머니가 치매에 걸렸다는 사실을 부끄럽게 생각하고 있었다. 실제로 그 누구나 이 병을 수치스럽게 생각한다.

어머니를 씻겨드리고 손톱을 깎아드린 후 내가 사온 슬리퍼를 신겨드렸다. "발 좀 내밀어보세요" 등등 내가 하는 말을 어머니는 전혀 이해하지 못했기 때문에 내가 어머니를 꾸짖는 줄로 착각하고 겁에 질려 있는 것 같았다.

어머니의 치매 그리고 A와의 만남을 통해서야 비로소 나는 육체와 정신적 고통이라는 인간의 본질적인 모습이 내 속에서 부활되고 있음을 깨달았다.

집요하게 떠오르는 이미지가 하나 있다. 큰 창문이 열려 있고 나의 분신인 듯한 어떤 여자가 창밖의 풍경을 바라보고 있다. 창밖은 햇빛이 찬연하게 내리쬐는 사월의 풍경, 즉 내 어린 시절의 정경이 펼쳐져 있다. 그 여자는 어린 시절을 향해 열린 창문 앞에 서 있는 것이다. 이와 같은 환상이 떠오를 때마다 도로시아 태닝의 〈생일〉이라는 그림이 생각난다. 이 그림 속에는 젖가슴을 드러내놓은 어떤 여자가 서 있고, 그 여자 뒤로 영원을 향해 열린 문들이 보인다.

12월 2일 일요일

어머니의 얼굴에 일종의 검은 그림자 같은 것이 드리워져 있었다. 지난날 학교 기숙사 생활을 할 때 나는 크리스마스를 며칠 앞두고 기숙생들과 함께 양로원에 찾아가 노인들 앞에서 크리스마스 축가를 목청껏 부르곤 했다. 그때 그 노인들한테서 반사되어 나오던 어둠의 그림자와 지금 내 어머니의 표정에서 읽을 수 있는 음영의 빛깔은 동일한 것이었다. 이 그림자는 노인이라면 누구나 공통적으로 갖게 되는 그늘이라는 것을 이제야 깨닫게 되었다. 어머니는 침체된 기분 때문인지 앉으려 하지도 않았고 내 팔 안에 털썩 안겨오지도 않았다.

어머니는 죽은 사람들 얘기를 자주 하는데 마치 그들이 살아 있는 것처럼 말한다. 하지만 아버지에 관해서는 전혀 언급하지 않는다.

12월 9일 일요일

곳곳에 추시계가 걸려 있다. 현관 입구, 로비, 병실마다 시계가 걸려 있지만 네시 정각에 바늘이 여섯시를 가리키고 있는 등, 어느 것도 시간이 정확히 맞는 것이 없다. 고의적으로 그렇게 해놓은 것일까? 그렇지 않고서야 어쩌면 그렇게 하나같이 틀릴 수가 있을까?

어머니는 생기를 잃고 피부가 변색되어간다. 늙는다는 건 생기를 잃어가는 것이며 동시에 마음속의 움직임이 투명하게 드러나는 것이다. 자샤리란 이름의 고양이도 열두 해가 지나자 생기를 잃어갔다. 오늘 어머니는 병실 안에 사람들이 있다고 상상하면서 "신경 쓰지 마. 손님들이니까. 오 분후면 모두 가버릴 거야. 손님들 중 절반은 계산도 하지 않았어"라고 말한다. 전에는 한동안 우리의 생활에 관해 이야기하곤 했다.

어머니 곁에서 생활하던 그 자그마한 노파가 사라지고 그녀의 벽장이 텅 비어 있다. 나는 아직도 그 노파가 어디에 있는지 감히 물어볼 용기가 없다.

12월 크리스마스

내가 르노도 상을 탔을 때 어머니가 간호사들에게 내 애기를 한 모양이다. (간호사들이 방금 내게 이 사실을 말하는 걸 보면) 어머니는 "이 앤 언제나 말을 자유자재로 구사했다우" 하더니 "만약 애 아버지가 이 사실을 알았더라면 만나는 사람마다 말해줬을 텐데. 그이는 항상 딸애 말이라면 설설 기었다우!"라고 덧붙여 말한다.

어머니의 손톱을 깎아드렸다. 아프지 않도록 온갖 정성을 들여 조심스럽게 깎고 있는데도 어머니는 지레 겁을 먹고 끙끙 신음 소리를 낸다. 전에 어머니가 어떤 노파에게 가학적 시선을 던지고 있는 것처럼 보였듯이 이제는 내가 어머니에게 가학적인 행동을 하는 것만 같았다. 어머니는 갈수록 나를 미워할 것이다.

어머니가 "난 누구한테도 부탁해본 적이 없어"라고 말하곤 했던 일이 기억난다.

12월 31일 월요일

어머니는 내게 "간호사들은 누가 떠나버린 일에 관해서는 이야기해주질 않아. 언젠간 나도 떠나게 될지 그것이 의심스러워. 아마도 난 남아 있을 거야"라고만 말하고는 문득 말을 중단해버렸다. 내가 죽을 때까지란 말은 생략한 것이다. 하지만 바로 생략된 이 말에 의미가 있는 것이라고 생각하니 내 마음이 갈기갈기 찢기는 듯했다. 어머니는 살아 있었다. 아직 앞날에 대한 계획과 욕구를 지닌 채 어머니는 오로지 살고 싶은 소망밖에 없었던 것이다. 나 역시 어머니가 살아 있어야 할 필요성을 절실히 느낀다.

어머니는 이런 이야기도 했다. "클로드는 자기 어머니가 멀리 사는 것도 아닌데 보러 오지도 않아. 바로 생트 마리에 사는데도." 잠시 침묵한 뒤 "클로드의 어머니는 발칵 화를 냈어야 했어"라고 덧붙여 말한다. 대치시켜 헤아려보니 죄책감이 든다. 클로드는 다름 아닌 나인 것이다. 클로드는 마리 루이즈의 외동아들이며 이들은 둘 다 알코올중독자였고 이미 죽은 사람들이다.

오늘 아침에 〈르 몽드〉지에서 임신과 불임에 관한 기사를 읽었다. 아이에 대한 욕구는 병적 성향이 강해서 한없이 충족되길 원한다.

1985년

1월 6일 일요일

연초가 되자 어머니를 포함한 여자들 모두가 전처럼 잠바와 치마를 차려입고 샴페인도 터뜨렸다. 정상적인 생활을 고스란히 흉내냄으로써 새로운 아침을 상상해보는 것이리라. 간병인들은 벽장 속에서 속치마와 원피스를 죄다 꺼내어 노파들의 쇠약한 몸에 입히고는 "자, 할머니들! 새해 복 많이 받으세요! 설날이에요!" 하고 외쳐댄다. 이곳의 모든 사람은 하루 종일 정상적인 사람들이 맞이하는 진짜 축제 날인 것처럼 행동한다. 여기에 있는 여자들은 기다려야 할 대상이 아무도 없는데도 막연히 기다린다. 저녁이 되자 노파들은 치마를 먼저 벗고 난 후 잠바를 벗었다. 어린 시절, 우리가 재미있는 변장 놀이를 하거나 가짜 축제를 꾸며낼 때처럼 이 노인들도 한바탕 축제를 벌인 것이다. 어린 시절엔 실제로 수많은 축제가 미래라는 이름으로 우리를 기다리고 있었지만 이곳의 축제는 인생의 뒤안길에서 꾸며지는 허상의 축제일 뿐, 이제 다시는 진짜 축제의 날을 맞이할 수는 없을 것이다.

예전에 어머니는 "인생을 살면서 자기 스스로를 방어할 줄 알아야 한다"고, "강하지 못할 경우에는 악하기라도 해야 한다"고 말하곤 했다. 나는 어머니의 이 말을 경쟁적인 용어, 즉 어떤 상황에 부딪치더라도 경쟁해서 이겨야 한다는 뜻으로만 받아들였다. 나는 어머니에 관해 이야기하고 있지만 어머니의 상태를 있는 그대로 표현해내지 못하고 항상 미흡하게 전달할 뿐이다. 그럼에도 불구하고 지금 여기에 있

는 어머니는 예전과 다름없는 나의 어머니인 것이다. 바로
이와 같은 사실이 나는 몹시도 두렵다.

1월 19일 토요일

어머니는 모든 기력을 총동원해서 게걸스럽고 억척스럽
게 먹는 행동에 몰두한다.

일월 초에 이런 꿈을 꾼 적이 있다. 꿈속에서 나는 물길
이 두 갈래로 나누어진 강물 속에 서 있었고 내 발밑으로 가
느다란 섬유들이 뒤엉켜 있었다. 내 음부엔 음모가 없었고
이건 어머니의 음부이기도 하다는 느낌, 즉 어머니와 나의
것이 똑같다는 인상을 받았다. 나는 대담하게 음부를 파헤
치고 있었다.

어떤 여자는 "도대체 누가 노래를 부르는 거야?"라며 두
번, 세 번, 열 번씩이나 되묻고 있다. 그런데도 이 여자는 매

일같이 반복해서 들려오는 그 노랫소리를 피할 길이 없다. 언제나 똑같은 인물인 단 한 사람의 여자가 자기의 생활을 항상 노래로 부르고 있기 때문이다.

2월 1일 금요일

라파이에트 화랑에 들어갔을 때 어떤 여자가 혼자서 중얼거리고 있는 모습이 눈에 띄었다. 아마도 무언가를 물어보고 있는 것 같았다. 나는 걸음을 멈추지 않고 재촉하면서도 그 여자를 쳐다보았다. 그 여자도 나를 바라보았다. 청회색 눈빛이었다. 저 눈길은 전에 우리 어머니가 지녔던 바로 그 눈빛이야, 하는 생각이 들자 피해 가려 했던 내 행동에 죄책감이 들었다.

2월 2일 토요일

A를 만난 지 일 년이 되는 바로 그날이다. 안락의자에 묶여 있는 어머니가 눈에 들어온다. "난 네가 다시는 오지 않는 줄 알았어"라고 말한다. 어머니를 풀어드린 후 우리는 복도에서 산책을 했다. 병실을 나서기 전에 어머니를 다시 비끄러매었다. (간호사들의 요구에 따라서 그렇게 하지 않으면 안 되었다.) 마치 아기 놀이 프로그램에서 내가 우리 아이들과 함께 그렇게 놀았던 것처럼.

어머니가 했던 말들이 생각난다. "사람은 결국 한 가지 인생만을 살게 된단다." (웃기 위해서, 잘 먹기 위해서 혹은 물건들을 사기 위해서 산다.) 내게는 "넌 인생을 살면서 지나치게 많은 것을 하려고 해!"라고 말했다.

어머니는 복도 맨 끝쪽에 있었다. 벽을 따라 쭉 뻗어 있는 난간을 더듬거리느라 내가 오는 것을 보지 못했다. 그런 후 어머니는 병실로 돌아가서 새로 들어온 옆 사람의 소지품을 뒤졌다. (어머니가 이 병실에 있는 동안 옆 사람이 네 번째 바뀌었다.) 화장실 바닥은 오줌이 말라붙어 있었다. 여기에 있는 모든 사람이 사방에 오줌을 누고 다니기 때문에 이 향기로운 냄새가 배어 사라지질 않는다. 병원을 나서기 전 어머니를 식당(나는 기숙사에 있을 때처럼 '구내식당'이라고 쓸 뻔했다)까지 모셔다드렸다. 한 간병인이 방긋 예쁜 미소를 머금은 채 "자, 받으세요. 이 사탕을 먹으면 시간 가는 줄도 몰라요"라고 말하면서 어머니에게 사탕 하나를 건네준다. 이 여인에게선 순수한 동정심이 느껴진다.

며칠 전에 릴 박물관에 갔었다. 그야말로 명상적인 분위기였다. 홀 안은 텅 빈 채 수위 한 사람만이 지키고 있었다.

(수위들만이 덩그마니 홀 안에 있고 아무도 그들에게 말을 건네는 일이 없어서 그런지) 수위들이 정신질환자들로 착각되었다. 고야의 작품 〈노파들〉에 비추어보더라도 여기에 나오는 노파들이 우리 어머니의 경우는 아니다. 마찬가지로 롤레벨롱의 희곡 〈그토록 정다운 구속에 관하여〉라는 작품에 나오는 등장인물도 우리 어머니의 입장은 아니다. 그 노파들은 우리 어머니와는 판이하게 다른 황혼기를 보내고 있었다.

어머니는 당신의 어머니, 즉 외할머니가 돌아가시던 해에 폐경기를 맞이했는데, 아버지의 오해를 사는 사건이 일어났던 그 무시무시한 일요일로부터 한 달이나 보름 전쯤인 1952년 유월 십이일경에 폐경이 시작된 것 같다. 이십오일경 어머니는 병원에서 진찰을 받고 집으로 돌아오셨다. 아버지는 "유아 세례(나의 견진성사를 두고 하는 말이다)를 받는 것이 이번이 마지막인가?"라며 어머니의 임신 가능성을 넌지시 물어보았다. 하지만 어머니는 이 질문이 자신의 폐경에 관련된 문제라는 걸 알고 있었다. 내가 날짜를 혼동했을 것이다. 어머니가 병원에 갔던 날짜는 내가 견진성사를 받기 이전인 오월 말이었다. 따라서 어머니는 적어도 두 달 전부터 월경을 하지 않았고, 나이 마흔다섯에 폐경을 맞이한 것이다. 나중에 아버지의 오해를 사는 사건이 터지자, 결국 어머니는 월경이 중지되었다는 말로 아버지를 납득시켜 사건을 마무리했다. 어머니가 그 나이에도 임신할 수 있다는 사실을 상상하면서 미소짓던 아버지, 행복해하던 그 모습이 기억난다. 임신이 아니라는 사실을 알고 아버지는 아마도 크게 실망했을 것이다. 어머니는 '갱년기'라느니, '월경이 없어졌다'느니, '이젠 끝장'이라느니 하고 말했는데 마치 어머니의 모든 것이 한꺼번에 끝장나버린 듯했다.

할머니가 돌아가신 달인 1952년 칠월부터 어머니는 한결같이 검정색이나 회색 옷만 입으셨다. 십팔 년이란 세월이 지난 후 안시라는 도시에서 어머니는 붉은색 투피스를 입는 등 그제야 색채를 되찾았다.

2월 23일 토요일

어머니는 아래쪽 틀니를 잃어버렸다. 간병하는 여자는 "틀니가 없어도 상관없어요. 어머니께서는 유동식만 드시니까요"라고 한다.

오늘 어머니는 유난히도 기분이 좋아서(이건 더 위험한 징조다) 우리는 복도를 두 군데나 돌아다니며 산책했다. 어떤 병실에서는 한 노파가 치마를 걷어올린 채 누워 있었기 때문에 스타킹과 리본이 보였다. 나중에 그 앞을 지나면서 보니 그 노파는 옆으로 누워 있었고 엉덩이는 완전히 쭈글쭈글하게 주름 잡혀 있었다. 또 다른 노파는 땅바닥에 떨어져 사방으로 흩어져 있는 박하사탕을 주워 모아달라고 나를 불러댔다.

3월 2일 토요일

　승강기의 문이 열리자 어머니는 키 작은 한 노파와 함께 바로 내 앞에 서 있었다. 나를 기다린 것이 아니라 두 노파는 이렇게 승강기 앞에 서서 다른 것을 찾고 있는 중이었다.

　물론 이런 식으로 해서 어머니가 어떻게 잃어버린 틀니를 찾을 수 있겠는가?

　어머니를 보고 돌아올 때마다 자동차를 타고 고속도로 위를 달리면서 라디오의 볼륨을 크게 높인 채 음악을 듣고 싶어진다. 오늘은 레오 페레가 부른 즐거우면서도 절망적인 노래, 〈그게 최고야〉란 음악이 흘러나왔다. 나는 어머니의 노쇠한 육체, 사멸해가는 어머니에 대한 충격으로 생명력을 느끼고 싶어서 욕정을 갈구한다.

　예전에 어머니는 내게 "난 널 책임질 의무가 있어!"라는 말을 자주 했는데 내가 무엇을 하든 간에 이러쿵저러쿵 참견하며 나를 감시하는 것이었다.

3월 24일 일요일, 서재에서

파리로 떠나기 전에 어머니를 한번 보고 가려고 병원에 갔다. 어머니와 함께 있는 시간만큼은 아무런 애환도 느끼지 못했다. 하지만 승강기 문이 다시 닫히자마자 슬픔이 울컥 치밀어 올라 울음을 억제하기 힘들었다. 어머니의 피부는 점점 더 심하게 갈라지기 때문에 화장 크림을 바르지 않으면 안 된다. 어머니는 위쪽 틀니마저 잃어버렸다. 이가 없고 보니 어머니는 이브토 병원에 있던 늙은 남자 간호사, 푸른색 에이프런을 두른 로이 할아버지와 비슷했다. 어머니는 몸도 몹시 쇠약해져서 간신히 걸을 수 있을 정도다. 그러면서도 어머니는 내 옷에 관심을 보인다. 항상 옷감을 만지작거리면서 "좋구나" 한다. 내가 입은 검정색 긴 외투를 가리키면서 "이런 외투를 또 사게 되거든 내 것도 좀 생각해주렴!" 하고 말한다. 이 말은 어머니가 오래전부터 해오던 말이다.

3월 31일 일요일

어머니는 예전처럼 아군과 적군을 엄밀히 구분 짓고는 치열한 기세로 아군을 좋아하고 적군을 미워한다. 어머니의 친구인 아군들 모두는 비정상적인 생활을 하는 가운데서도 나름대로 문명화된 세계를 재구축하고 있다. 아군 중의 하나인 어떤 여자는 마치 길거리에 있는 자기네 집 대문 앞에 앉아 있는 것처럼 병원 현관 앞에 앉아서 지나가는 모든 여자에게 "즐거운 산책 되세요"라고 말한다. 또 다른 여자는 우리 어머니에게 "넌 나보다 훨씬 더 예뻐. 넌 젊음을 유지하고 있구나"라고 말한다.

4월 15일 월요일

어머니는 얼굴 생김새가 변했다. 두 입술 사이가 더 넓게

벌어져 들떠 있고 아래턱 부분은 축 늘어져 있으며 두 입술은 보기 흉할 정도로 얇아졌다. 어머니는 늘 밖으로 나가려고만 한다.

일층 로비에는 텔레비전이 항상 켜져 있다. (그렇게 해야만 간병인들의 마음이 덜 침울해지기 때문일까?) 어떤 여자는 식탁마다 덮여 있는 방수포 중의 하나를 걷어내어 상보처럼 접고 있었다. 여자 환자 한 사람이 화물용 승강기에 실려 내려갔다.

4월 19일 금요일

나는 어머니의 옷가지들을 구호 물품으로 나누어주지도 못했고 벼룩시장에 내다 팔 수도 없었다. 오늘 나는 내 남편과 함께 할부로 구입했던 왕정복고풍의 안락의자들과 반달형 탁자를 도로 내다 팔았다. 흥미를 잃어 처분해버린 것이다. 나 역시 어머니처럼 일체 사물에 대한 관심이 사라져간다. 그때 이런 고가구들을 구입했던 사람들은 남편과 나처럼 젊은 층의 사람들이었다.

4월 21일 일요일

또다시 어머니를 의자에 비끄러매었다. 어머니는 크림, 계란 흰자와 살구를 섞어 만든 앙트르메 요리와 과자를 먹으려 했지만 결국엔 먹지 못하고 말았다. 입술에 손을 제대로 갖다 대지 못하기 때문이다. 과자나 사탕을 먹을 때에도 혀를 앞으로 쭉 내밀지만 먹을 것에 닿지 못하고 혀만 움직거린다. 나는 지난날 우리 아이들에게 그렇게 해줬듯이 어머니에게 떠먹여드렸다. 어머니도 자신이 어린애처럼 받아먹고 있다는 사실을 알고 있는 것 같았다. 뻣뻣한 어머니의 손가락. (알돌 과자를 너무 만지작거려서 손가락이 뻣뻣해진 걸까?) 어머니는 과자 상자를 뜯기 시작했고 또다시 과자를 먹으려고 애쓴다. 어머니는 수건이며 속치마 등을 모조리 찢어놓았고 물건들을 죄다 비틀어서 구겨놓으려 했다. 완전히 정신이 돌아버린 사람 같았다. 어머니의 턱은 축 늘어져 있고 입은 항상 벌리고 있다. 나는 이렇게까지 크게 죄책감을 느껴본 적이 없었다. 어머니를 이 지경으로 몰아넣은 사람이 바로 나인 것만 같았다.

4월 27일 토요일

어머니는 오래 걷지는 못하지만 건강 상태가 한결 양호해졌다. 어머니는 맛있게 식사한 후 손을 씻고 싶어 했다. 화장실로 모셔다드렸더니 "오줌을 좀 눠야겠는데…… 변기를 사용해야겠다"라고 했다. 어머니는 기저귀를 차서 불뚝 튀어나온 망사 팬티가 잘 벗어지질 않자 "간병인들이 너무 꽉 조여놨어"라고 말한다. 나는 어머니를 도와 팬티를 벗겨드린 후 곧 다시 입혀주었다. 마치 어린 딸을 다루듯이. 모든 상황이 항상 이런 식이다. 어머니는 "헌 옷 좀 가져와라. 그걸로 내 밑 좀 닦게" 하고는 "난 아빠의 무덤 쪽으로 갔지만 무덤에 도착하지 못했어. 사람들이 나를 반대 방향으로 안내해줬지 뭐냐"라고 덧붙인다. (물론 어머니는 살고 싶어 한다. 먼저 돌아가신 할아버지를 따라가고 싶지 않은 것이다.) 어머니는 "아빠의 묘비 위엔 먼지 한 점 없었어. 묘비는 대리석으로 만들어졌거든" 한다.

옆 병실마다 고함 소리로 시끌벅적하다. "여보세요, 여보세요" 하는 어떤 노인의 목소리가 반복해서 들린다. 나는 혹시 이 목소리의 주인공이 일층 로비에서 끊임없이 통화하기를 원했던 그 노인이 아닌가 하고 생각해보았다. 어떤 여자는 "따끄 따끄따" 하고 소리를 내면서 이국적인 낯선 새소리로 떠들어댄다. 오늘 이 모든 소리가 뒤범벅되어 일종의 콘서트가 열리고 있는 것 같았다. 지탱하고픈 그들의 생명력이 평소보다 더 세차게 용솟음친다.

지난해의 일이 생각난다. A와의 연애 사건이 서막을 올렸고 그러는 동안 어머니의 정신적, 육체적 피폐가 시작되었다. 그 당시엔 어머니의 얼굴이 이렇게 부어 있지도 않았다. 어느 날 밤 잠든 어머니를 바라보았을 때, 캄캄한 하늘에 달빛이 영롱히 빛나고 있었다. 난 울었지만 지금처럼 불행하진 않았던 것 같다.

5월 4일 토요일

어머니는 이젠 걸으려 하지도 않았다. 난 어머니를 안락의자에서 억지로 일으켜야만 했다. 내가 일으켜드리자 어머니는 복도에서 씩씩하게 걸어갔다. 또다시 죄책감에 사로잡힌다. 어머니는 내가 어머니 곁에 함께 있으면 즉각 다시 걷는 것이었다. 어머니에게 튀김 요리와 초콜릿을 드렸다. 어머니는 항상 초콜릿을 사각형 모양대로 두 조각씩 자른다. (초콜릿을 더 오랫동안 먹으려고 이렇게 조각조각 잘라놓고 먹던 기억이 난다.) 어머니는 어느 순간에는 "도대체 언제까지 여기에 있어야 되니? 여기서 나가기도 전에 죽겠다!" 한다.

어머니처럼 치매를 앓고는 있지만 초기 단계인 옆 사람은 자기의 화장도구 세트를 들고서 끊임없이 산책을 한다. 이 노파는 머리맡 탁자 위에 화장도구 세트를 올려놓고는 정성껏 가지런히 정돈한 후 다시 집어든다. 어머니가 우리 집에 계실 때만 해도 이렇게 하곤 했는데…… 물건이란 세상에 매달려 있기 위해서 꼭 필요한 대상이며 그래서 이들은 자신의 물건을 챙기는 것이다.

열두 살 적에 나는 반들반들 광택이 흐르는 검정색 손톱 손질 도구 세트를 수 시간 동안 들여다보며 만지작거리곤 했다. 도구의 종류는 별로 많지 않았지만 저마다 꿈처럼 멋진 것이었다.

어머니는 내가 어머니 친구네 집으로 바캉스 떠나는 것

을 전혀 마음 내켜 하지 않았다. 어머니의 친구들이 나를 보고 이렇다 저렇다 평가하지나 않을까 두려워서 그랬을까? 나를 싫어할까봐 걱정스러워 그랬을까? 그게 아니라면 이런 생각은 처음으로 해보는 것인데, 질투가 나서 그런 걸까? 어머니가 "우리 콜레트, 우리 니콜"이라고 내 친구들이나 여사촌을 친근감 있게 부를 때면 나는 질투가 북받쳐오르곤 했다. 이 계집애들은 어머니가 낳은 애들이 아니다. 따라서 어머니는 그렇게 부를 수 있는 권리가 없는 것이다.

어머니가 안경을 잃어버린 지 곧 일 년이 되어간다.

5월 18일 토요일

언젠가 그랬던 것처럼 어머니는 오늘도 심신이 극도로 쇠약해져서 나를 거들떠보려고도 하지 않았다. 맑은 날씨였다. 어머니를 휠체어에 태우고 뜰로 나갔는데 휠체어를 조종

하기가 꽤 까다로웠다. 나는 어머니의 노쇠한 모습, 전과는 아주 달라져버린 참혹한 얼굴을 무심코 쳐다볼 수 있을 정도로 어머니의 변화된 모습에 대해서 이미 타성에 젖어 있음을 문득 깨달았다. 어머니가 처음으로 집을 떠나가던 그 끔찍했던 순간이 떠오른다. 어머니는 뭔가 잃어버린 것을 찾는 사람처럼 자꾸만 집을 되돌아보았다. (가을이면 사방으로 가로수가 즐비했던 안시에 살았을 당시 그 집 정원에는 거북 한 마리가 살고 있었는데 그 거북은 쇠창살 문에 달라붙어 여기저기 기어다니고 있었다. 나중에야 생각난 것은 어머니가 떠날 때 찾았던 것이 바로 이 거북이라는 사실이었다.) 그러고 나서 어머니가 쓴 글이 이것이다. "나는 나의 밤을 떠나지 않는다."

5월 성령강림대축일

자동차를 타고 병원에 도착했을 때 많은 노인이 밖으로 나와서 안락의자에 앉아 있었고 문병객으로 여겨지는 사람들도 보였다. 병실로 올라가보니 어머니는 복도에 있다가 나를 알아보았다. 어머니를 모시고 정원으로 내려가 안락의자에 앉혀드렸다. 그제야 나는 봉사활동을 하는 노인들만 그곳에 모였다는 사실을 알아차렸다. 이 노인들은 괴상망측한 밀짚모자를 뒤집어쓴 채 앉아 있었고 간호사들이 이들을 지켜보고 있었다. 어머니의 턱이 점점 더 밑으로 축 늘어져가고 햇볕에서 보면 입아귀 부근에 쪼글쪼글 잔주름이 생겼다. 우리는 벤치 위에 앉았고 어머니는 과자를 드셨다. 불현듯 난 어머니가 쉽게 드실 수 있는 맛있는 과자를 한 번도 드려본 적이 없다는 사실을 깨달았다. 오늘도 내가 가져온 것은 너무 딱딱해서 바삭바삭 부서지는 사블레 과자와 손가락에 묻혀가며 먹는 잼이었다. 어머니에게는 과일 젤리나 아몬드로 만든 빵 과자 같은 것이 더 좋았다. 많은 여자들이 혼 잣말로 주절대고 있었다. 어떤 노인은 밀짚모자를 쓴 채 미친 듯이 머리를 마구 휘둘러댔다. 나는 아무 생각도 나지 않았다.

6월 2일 일요일

오늘은 어머니날이다. 전에 어머니가 쓰던 밀짚모자를 가져다주었다. 우리는 뜰로 나가 벤치 위에 앉았다. 어머니는 이제 휠체어가 필요 없게 되었다. 아마도 다른 사람들은 지금 어머니의 모습이 마귀할멈 같다고 생각할 것이다. 어머니는 이 병원에서 생활한 지 일 년 사이에 모습이 판이하게 달라졌다. 그토록 자세가 똑바르던 사람이 등이 굽었고 그 나이까지 주름도 별로 없던 피부에는 얼룩말처럼 길쭉한 줄무늬의 주름이 골골이 잡혀 있다. 오늘 어머니가 앞치마 자락을 꽉 거머쥐고 있는 모습은 마치 앞치마 자락에 매달려 있는 것처럼 보였다. 병실로 들어가려고 다시 승강기에 올라 탔을 때 어머니는 승강기 안에 걸려 있는 거울 앞에 서 있었다. 분명 어머니는 거울 속에 자신의 모습을 비춰 보았을 것이다.

6월 9일 일요일

어머니는 휠체어를 탄 채 승강기 앞에서 나를 기다리고 있었다.

어머니는 자살에 관한 얘기와 자신이 다시는 참여할 수 없게 될 미사 그리고 돈에 관한 이야기를 했다. 그리고 난 후 "여기서 오랫동안 있게 될까봐 두려워"라고 말했다. 때로는 내가 말을 멈추지 않고 계속했다. 예전에 어머니는 말하기에 적절한 어떤 표현을 찾았을 경우 "알았다"라고 말하곤 했다.

어머니와 같은 병실에서 생활하고 있는 옆 사람은 자기의 벽장 속에 있는 물건들을 모조리 끄집어내어 반 시간 동안이나 정돈한 다음 다시 전부 제자리에 갖다넣는다. 도대체 이런 행동들은 무엇을 의미하는 것일까? 우리 집에서 치매 초기 증세를 보이실 무렵 어머니 또한 왜 이 노인처럼 행동하셨던 것일까? 그들의 정신 속에 부재하는 질서를 외부에서라도 바로 잡으려는 생각에서 그러는 것일까?

어머니 앞에 앉아서 그녀가 음식을 먹고 있는 모습을 바라보았던 수많은 시간, 벌써 얼마나 많은 일요일을 이렇게 보내왔던가! 창밖엔 나뭇잎들이 부드럽게 살랑거리고 있다.

어머니는 내 친구가 날 만나러 올 때면 "아니Annie! 누가 찾아왔다" 하시며 기뻐하곤 했다. 어머니는 방문을 아주 중요시했다. 그것은 사랑의 증거이며 타인의 마음속에 자신이 존재하고 있음을 확인할 수 있는 징표라고 생각했다.

어머니는 입을 딱 벌린 채 현관 입구에 놓여 있는 안락의자에 앉아 잠들어 있었다. 이 의자는 세심히 배려해서 한층 더 키를 높인 안락의자였다. 나는 여기서는 더 이상 아무것도 생각할 수가 없었다.

어머니와 같은 병실에 있는 노파는 핸드백을 손에 쥔 채 마치 길거리를 싸돌아다니듯 병원 이곳저곳을 하염없이 산책한다. 이 노파는 어떤 노파 한 명을 데리고 왔는데 둘이 나란히 앉아서 한마디 말도 하지 않고 서로가 형식적인 미소만 짓고 있었다. 어른들을 따라 함께 온 어린 여자아이 두 명은 자신들이 문병 중인 부인들을 흉내 내는 놀이를 하고 있었다. 참으로 기막힐 노릇이었다.

부엌에서 왁자지껄한 웃음소리가 들려온다. 여느 때와 다름없는 여름날의 일요일이 한없이 길게만 느껴진다.

옛 생각이 난다. 예전에 어머니가 B양의 식료품 가게에서 이야기하고 있는 모습을 본 적이 있다. B양은 아기를 낳았는데 아기에게 입혀줄 배내옷 한 벌조차 준비해두지 않았다. 아기의 아버지는 독일인이었다. 나는 그 후로 몇 해가 지나서야 그 당시 단지 암시만 할 뿐 감히 함부로 드러낼 수 없었던 그 말의 의미를 이해하게 되었다. B라는 소녀는 아마도 아기를 유산시키고 싶었을 것이다.

또 다른 기억이 떠오른다. 어머니가 하던 말씀이다. "난 팔이 네 개가 아니란 말이야!" (어머니는 아버지나 내가 어머니에게 무언가를 요구할 때마다 이렇게 말하곤 했다.) 또한 나한테는 "너는 ……을 할 수 있을 정도로 몸이 건강치가 못해"라고 하며 우리 세계의 가치 기준에 걸맞은 자신의 건강한 체력을 과시했다. 이처럼 건강했던 어머니에 비하면 나는 허약체질에 불과했다.

6월 30일 일요일

간병인들은 뜰로 나와서 침을 줄줄 흘리고 있는 할아버지 한 분과 다른 노파들 곁에 앉아 있었다. 이 간병인들이 어머니를 보살펴주기로 해서 어머니를 뜰에 내버려둔 채 내가 막 떠나려는 참에, 어머니가 "아니Annie!" 하고 외치는 소리가 들렸다. 어머니가 내 이름을 부르지 않은 지도 일 년이 훨씬 넘었다. 이 소리를 듣는 즉시 나의 모든 감각이 마비된 채 텅 비어버리는 것만 같았다. 이런 외침은 내 삶의 깊숙한 곳, 어린 시절로부터 들려오는 소리였다. 나는 몸을 반쯤 돌려 뒤돌아본 후 어머니 곁으로 되돌아갔다. 어머니는 나를 쳐다보며 "나도 같이 데리고 가!" 한다. 주위에 있던 모든 사람이 별안간 조용해지더니 우리의 대화에 솔깃해서 귀 기울이고 있었다. 난 어찌할 바를 몰라 죽고만 싶었다. 나는 그럴 순 없다고, 지금은 모셔갈 수가 없다고 설명했다. 그 후 나는 어머니가 혹시 주위에 사람들이 있었기 때문에 일부러 온 힘을 다해서 큰 소리로 나를 부른 것이 아닌가 하고 생각해보았다. 하지만 정말로 그런 건지 확실치는 않다.

어머니는 빵과 과자가 충분하다 싶으면 그것을 치마 밑에 감춘다. 나 역시 어렸을 때 식료품점에서 사탕을 여러 개 훔쳐서 팬티 속에 감추곤 했다.

7월 7일 일요일

이 주 전 일요일부터 어머니는 걸으려 하지 않았기 때문에 어머니를 휠체어에 태워주는 것이 습관이 되어버렸다. 어머니를 모시고 뜰로 내려갔다. 무척 더운 날씨였다. "햇빛이 참 좋구나" 하고 어머니가 말했다. 지금처럼 병상에 있으면서 어머니가 이렇게 문득 지난날 했던 말들을 할 때마다 나는 깜짝 놀라며 감격하지 않을 수가 없다. 어머니는 시력이 약해져 이젠 사물도 명확하게 보지 못한다. 어느 때에는 별안간 내 다리와 치마를 덥석 붙잡는다. 젊은 여자 간병인 두 명은 노인들과 떨어져 앉아 수다를 떨고 있다. 또 다른 여자 간병인 한 명은 나이가 지긋해 보이고 지독하게 못생겼는데, 이 여자만이 노인들 곁에 있었다. 어머니는 내가 어린애였을 때 입던 원피스처럼 잔꽃 무늬가 아로새겨진 원피스를 입고 있다. 원피스 안에 쏙 들어가 있는 어머니의 몸이 너무도 왜소해 보였다. 겨우 지금에야 내가 확실히 어른이 된 것 같은 기분이다.

어머니는 내게 "돌아오는 일요일에 또 보자!"라고 인사한다. 하지만 두 달 동안은 어머니를 만나러 올 수 없을 것이다. 내가 수술을 받기 때문이다. 어쩌면 어머니보다 먼저 죽을 수도 있는 수술을 받는 것이다.

집에 돌아와서 아들 녀석들에게 어머니의 행동들이며 여러 가지 무언의 몸짓을 이야기해줬다. 우리는 웃음을 그칠 수가 없었다. 이 순간만큼은 마음속에 고통이 잔재해 있지 않았다. 완전히 희극적인 상황으로 바뀌어버린 것이다.

오늘 병원에서 난 또다시 죄책감에 사로잡혔다. 그래서 어떻게 해서든 죄책감을 덜어보려고 끔찍이도 더러워진 어머니의 손톱을 깎고 두 손을 씻겨드리고 머리를 잘라드렸다. 내가 없는 동안 어머니가 지금 이렇게 안락의자에 앉아 있는 상태로 혼자서 이 모든 것을 할 수 있을까 하고 자문해보았지만 대답은 뻔한 것이었기에 나는 감히 어머니한테 물어볼 수조차 없었다.

8월 17일 토요일

수술 결과가 호전되어 지팡이를 짚고 걸을 수 있는데도 아직 어머니를 뵈러 가지 않았다. 노인들이 있는 장소에서 노파처럼 걸어가기 싫어서였다.

내가 지금 겪고 있는 육체적 고통의 과정은 어머니의 노쇠한 기력, 끝없이 되풀이되는 어머니의 고통과도 흡사하다.

난 지금 수술 전과 똑같은 긴장감을 느끼지만 글을 쓸 때에만 그러하다.

아버지는 "넌 말로는 어머니한테 못 당할걸!" 하면서 감탄해 마지않는 어조로 어머니 얘기를 하곤 하셨다.

8월 26일 월요일

다비드와 함께 어머니를 보러 갔다. 다비드는 무척 고통스러워하는 기색이 완연했다. 또다시 훅 끼쳐오는 쾨쾨한 냄새. 안시라는 도시에서 살 적에 그 집에서 가져다 놓았던 작은 굴뚝 소제기가 여전히 갖추어져 있는 병실에는 자그마한 생트 테레즈상이며 모든 물건이 제자리에 놓여 있었다. 거의 항구 불변의 기쁨을 맛보는 듯했다. 어머니를 보고 어루만질 수 있다는 이 기쁨이여! 어머니의 모습은 비록 많이 변했지만 그래도 나의 어머니였다. 식당에 가보니 전과 다름없이 노파들로 북적거렸고 텔레비전에서는 로큰롤 음악이 흘러나왔다. 내가 여기에 도착했을 때 이 모든 정경을 글로 담아내야 한다는 의무감을 느꼈다.

9월 5일 목요일

내일이면 이브토에 위치한 양로원에서 어머니를 모셔온 지 이 년째가 되는 날이다. 지금도 어머니가 계셨던 그 양로원으로 가는 길이 기억난다. 베긴 교단의 수도원에서 어머니는 어떤 여자에게 "딸네 집으로 가게 됐어!"라며 자랑스럽게 말했다. 자동차 안에서 나누었던 여러 가지 대화도 생각난다.

오늘은 에릭과 함께 어머니를 뵈러 갔다. 어머니는 벽에 붙어 있는 도관을 따라 더듬더듬 손으로 짚어가면서 현관 입구에 서 있었다. 나는 신발을 보고서야 어머니라는 것을 알아차릴 수 있었다. 어머니와 같은 병실에 있는 노파는 이 더위에도 불구하고 모피 코트를 차려입고 작은 손가방을 손에 쥔 채 늙은 창녀처럼 산책을 하고 있었다.

이 노파는 손톱도 길고 머리도 너무 길어서 덥수룩하게 산발을 하고 다니기 때문에 몰골이 거칠고 험상궂어 보인다. 나는 감히 이 노인의 손톱이나 머리를 잘라줄 용기가 나지 않았다. 나 혼자 있을 때 어머니가 점차 노쇠해가는 모습을 떠올려봐도 이젠 무감각증에 걸려 아무런 느낌도 다가오지 않는다. '나 때문에 이러시는 걸까?'라고 스스로에게 질문을 던져보는 횟수도 차츰 줄어든다. 어머니는 우리 집에 오기 전, 1982년부터 정신적, 육체적 활동 능력을 잃기 시작했다. 하지만 난 어머니에게 충분한 도움이 되지 못했다. 결국 어머니는 혼자 힘으로 자신의 밤을 헤치고 나갔던 것이다.

〈르 몽드〉지에서 클로드 사로트는 '그건 천 번이라도 할 만하다'라고 썼다. 이 말은 우리 어머니가 즐겨 쓰던 표현이기도 했다. 어머니 역시 "그건 열 번이라도 할 만하다"라고 말하곤 했다. 나는 이 말을 좋아하지 않았고 진부한 언어라고 생각했다. 어머니는 사람들의 감정을 상하지 않게 하려면 어떤 말을 해서는 안 되는지 잘 몰랐고 우아한 말투를 사용하는 데는 서툴렀다.

어머니는 나로 하여금 시간의 흐름을 느끼게 해준다. 어머니가 죽음의 그림자를 드리우고 있으면 나 역시 죽음으로 치닫는다. 어머니가 나를 죽음으로 내몰기도 하는 것이다.

9월 7일 토요일

어린 시절, 나는 어머니의 옷을 입고 어머니로 변장을 하곤 했다. 놀이를 하면서 "우리 어머니한테 일러줄 테야!"라고 말한 애는 고자질쟁이 계집애였다. 이 여자아이는 간혹 다른 여자아이의 어머니, 즉 어머니로 분장한 아이와 싸우는 수도 있었다.

어릴 적에 루앙에 있는 치과에 갔을 때 치과 의사가 차 한 잔이라고 했던 말이 생각난다. 어머니와 나는 폭신폭신하고 깊숙한 안락의자들이 놓여 있는 대기실에서 기다리고 있었는데 진열장 속에는 오만가지의 중국산 골동품이 빽빽이 들어차 있었다. 내 어린 시절에 가보았던 대기실이란 곳은 멋지고 놀라운 장소들이었다. 마치 또 다른 세계, 부자들과 상류 인사들의 세계에 와 있는 듯했고 이곳에는 항상 만져서는 안 될 진열대가 있었다. 어머니는 목소리를 낮추어 이야기하곤 했다. 내가 유별나게 고통스러웠던 치과 치료를 받으면서 한바탕 대소동을 벌인 뒤, 의사는 "차 한 잔 마셔도 된단다!"라고 말했다. 아픈 치료에 대한 보상으로 이렇게 고약한 맛이 나는 음료를 줄 생각을 하다니 정말 놀라웠다. 나는 어머니가 "이 애는 차 마시는 걸 좋아하지 않아요!"라고 대답해주리라 기대하고 있었다. 하지만 어머니는 아무런 말도 없이 생긋 웃기만 했다. 상류사회에서는 차를 마시는 게 관례였다는 사실을 어머니는 알고 있었던 것이다.

어머니는 대퇴골 경부가 부러졌다. 난 너무나 괴로워서 견딜 수가 없었다. 어젯밤엔 갈매기들이 끊임없이 집 주위를 맴돌며 발레를 추듯 파닥거렸다. 그런 후 어떤 새가 울부짖는 소름 끼치는 소리가 들렸는데 아마도 올빼미나 갈매기의 울음소리였을 것이다. 바로 지금 이 순간 나는 어머니에 관한 책을 구상해보았다. 하지만 완전히 혼란 상태에 빠져 있다.

저녁이 되었다. 어머니를 보니 입을 딱 벌린 채 잠자고 있다. 상처의 깊이를 자세히 살펴보았다. 어머니의 손이 옴지락거렸다. 난 울고 말았다. 아주 오래전부터 이렇게 다쳐서 누워 있었던 것만 같았다. 어머니는 지금 무엇을 느끼고 있는 것일까? 어머니는 곧 회복될 것이다. 다시 말해서 전처럼 침대와 안락의자에만 머물러 있는 형편이 되더라도 그나마 그런 상태로 되돌아갈 수는 있을 것이다. 수술 후 어머니를 이송했던 부서에 있을 때 나는 수술 결과를 물어보기가 두려워 의사도 간호사도 아무도 만나보지 않았다.

　어머니는 다시 자신의 생활환경으로 되돌아왔다. 앞을 볼 수 없는데도 어머니는 있는 힘을 다해 자꾸만 일어서려 하기 때문에 끈을 팽팽히 잡아당겨 단단히 비끄러맨 안락의자에 앉아 있다. 어머니는 혼자서 식사를 할 수가 없다. 왼손이 오른손을 찾아다닐 지경이다. 이곳에 있는 사람들의 병세가 계속해서 이런 추세로 진척되어간다면 내가 쉰 살이 되는 이십 년 후에는 어머니와 똑같은 증세를 보이는 사람들이 살아 있지 못할 것이라는 생각이 불현듯 머릿속을 스쳐 지나갔다. 하지만 정말 그렇게 될 가능성이 있는 것인지 그 타당성의 여부를 판가름하기란 어렵다.

　내가 어렸을 때, 고함치며 뛰어다닌 나머지 얼굴이 빨갛게 상기된 채 숨을 헐떡거리면 어머니는 "넌 좀 쉬면서 놀아라!"라며 나무라곤 했다. 꾸중 듣는 것이 못마땅해서 어머니를 빤히 쳐다보고 있으면 "왜 내 얼굴에 뭐가 묻었냐?" 하고 되물었다. 어머니가 했던 이 모든 말을 자세히 떠올려본다. 어머니는 이젠 거의 말하지 않는다. 하지만 나는 아직은 어머니의 목소리를 들을 수 있다. 때론 어머니 본래의 모습에서 우러나오는 진솔한 표현들이 단 하나뿐인 어머니의 존재 속에 혼재되어 있다가 표출되기도 한다. 이럴 때면 난 어머니가 말하는 표현들에 집중하여 한마디 한마디를 놓치지 않으려고 필사적인 시도를 한다. 이따금 어머니의 강박관념들이 드러나곤 하는데 그것은 일과 술(어머니는 술을 마셔서는 안 된다고 자제하고 있다), 끔찍한 사건, 비극 등이다.

어머니는 자유분방한 기질이라서 정신세계의 범위에 한계선을 정하길 원치 않았지만, 어머니의 가정환경이 궁핍했기 때문에 종교를 가졌고, 엄격한 도덕을 지킴으로써 사고의 범위를 제한하는 격이 되었다. 어머니에겐 종교와 도덕이 체

면을 유지하는 도구 혹은 대리물인 셈이다. 난 단 한 번도 내 사고의 범위가 한정되길 기대해본 적이 없었다.

어머니가 내겐 얼마나 무시무시하게 죽음의 형상으로 나타나고 있었는지 실감하게 될 때마다 섬뜩해진다. 예전에 어머니 혼자서 루르드로 성지순례를 떠났을 때 난 어머니가 죽기 위해 일부러 그곳에 간 것으로 생각했다. 후에 어머니가 언니의 죽음에 관한 이야기를 해줬을 때 난 공포에 떨었다. 바로 내가 죽을 차례구나! 내가 죽어가고 있기 때문에 어머니는 날 사랑해주는 것이라는 느낌이 들었다. 왜냐하면 그날 어머니는 나에 관한 이야기를 하면서 "아니보다 그 애 언니가 훨씬 더 착했어요"라고 했기 때문이다. 어머니는 나보다 언니를 더 사랑했고 단지 지금 내가 죽어가고 있기 때문에 나를 사랑해주는 것만 같았다.

어머니의 옷가지들은 마치 죽은 사람의 것인 양 여전히 우리 집에 남아 있다. 어머니는 앞으로도 이 옷들을 입을 수 없을 것이다. 그렇지만 어머니는 살아 있다. 어머니의 상태에 따라 아직도 내 마음속에서 수시로 죄책감이 솟아나는 것은 어머니가 살아 있다는 증거다.

집에 돌아와서 어머니의 과격한 행동들, 물건들을 집어 들고 난폭하게 내던져버리는 야만적인 행동들을 다시 곰곰이 생각해보았다. A 때문에 어머니의 이런 행동들을 심사숙고해보게 되었다. 어머니가 우리 집에 잠시 머물렀다가 떠난지 이제 이 년째가 되어간다. 그때 광적으로 정돈만 하려 했던 어머니의 행동들과 A의 태도를 비교해본다. A는 자신의 책꽂이에서 쉴 새 없이 책들을 옮겨놓고는 정리를 해댔다. 한편으로는 자신의 지적인 풍요로움을 확인하면서 다른 한편으로는 계속 실패만 맛보는 가혹한 결핍을 보충하기 위해서 책을 정돈하는 듯했다. 그 당시 어머니는 지금처럼 파괴적인 본능을 나타낸 것이 아니라 끊임없이 정돈을 함으로써 세상에 매달려 있으려고 안간힘을 쓴 것이고 자신이 미치지 않았다는 사실을 확인하기 위해서 발버둥쳤던 것이다. 어머니가 우리 집에서 나와 함께 살던 때가 벌써 아득하게만 느껴진다. 행복했던 추억이 떠오른다. 어머니는 바느질을 하다가 바늘을 잃어버리곤 했다. 그런데 지금은 자신의 몸도 추스르지 못하다니…….

내가 열여덟 살 때 지녔던 어머니에 대한 그 엄청난 사랑을 기억한다. 어머니는 내게 있어 절대적인 은신처의 상징이었고 나는 어머니에게 한없는 사랑을 요구하는 병적인 기아증 환자였다.

9월 19일 목요일

며칠 전에 어머니가 토할 기미를 보여서 계속 상태를 살폈다. 몸에서 받아들이지 않는 음식물을 토해낼 것만 같았던 어린 에릭을 내가 예전에 보살펴주었듯이.

나는 어머니의 어릴 적 사진을 본 적이 없다. 맨 처음 본 어머니의 사진은 결혼사진이었고 나중에 본 또 다른 사진은 결혼식에 참여해서 찍은 사진이었다. 이 사진을 보면 어머니는 이마가 좁고 무거운 표정을 하고 있었으며, 뭔가 황소같이 고집이 세고 강인한 사람 같았다. 어머니의 모습을 더 명확히 설명하자면 이런 글귀가 떠오른다. '모든 것을 불살라 버린 어떤 여자.' (그 여자의 배후에는 단 한 장의 종이도 흔적조차 남아 있지 않았다.)

어머니는 받기보다는 주는 것을 좋아했다. 자신의 품위를 높이기 위해서였을까 아니면 인정받기 위해서 그랬던 것일까? 나 역시 어릴 적에는 사랑받고 인기를 누리고 싶어서 그림책과 사탕들을 나누어주길 좋아했다. 그 후론 주는 것을 별로 좋아하지 않았다. 하지만 글을 쓴다는 것, 게다가 내가 지금 무언가를 쓰고 있다는 것 자체가 하나의 주는 방법이 아닐까?

어린 시절에 보았던 광경이 떠오른다. 침대에서 어머니는 벌거벗은 채 누워 계신 아버지 쪽으로 몸을 돌리고 계셨다. 아버지는 웃음을 터뜨리며 "예쁘지도 않네"라고 했다.

어머니의 음부, 즉 세계의 근원을 가리켜 말한 것이다.

어머니는 카페에 오는 손님들 중 음탕한 노인들에게는 꾸짖는 목소리로 "썩 돌아가세요. 추한 늙은이 같으니라구" 하며 버럭 화를 냈다. (마찬가지로 작은 암캐의 뒤꽁무니를 쫓아다니는 개들한테도 이런 식으로 혼쭐을 내주었다.)

10월 4일 금요일

어머니는 예전에 성지 루르드에 다녀온 이야기를 해주었다. 어머니의 얘기를 들어보면 루르드란 곳은 맑은 물이 흐르는 산인데 이 산속 깊숙이 들어가다 보면 깊은 물이 있다는 사실을 모르고 빠져 죽는 경우도 있는 것 같다―나는 어머니가 이곳에 죽으러 간 줄로만 알았다―아마도 나는 어머니가 해준 이야기를 꾸며냈거나 변형시킨 것인지도 모른다.

어머니는 평소에 "제게 자식이라고는 무남독녀 외동딸 뿐이랍니다"라는 표현을 자주 썼다. 어머니는 어려운 말을 사용함으로써 우쭐하고픈 사소한 효과를 노린 것이다.

〈말馬이 갖고 있는 타조알〉이라는 텔레비전 프로그램을 보면서 미움받는 모든 여자들의 모습을 다시 한번 생각해보게 되었다. 이들은 가냘픈 몸매와 연약한 얼굴을 한 채 비단 옷과 진주를 몸에 걸치고 애교를 떨어댔다. 우리 어머니와는 정반대의 이미지를 갖고 있는 여자들이었다.

10월 8일 화요일

어머니가 현관에 있었는데도 단번에 알아볼 수가 없었다. 누군가 어머니의 머리카락을 말꼬리 모양으로 묶어놓았고 어머니의 얼굴은 경직되어 있었다. 나는 어머니의 침대 위쪽에 있는 작은 굴뚝 소제기를 보여주었다. 안시에 있을 때 어머니의 여자 친구가 사준 것이다. 어머니는 그것을 쳐다보고는 "옛날에 나도 저런 게 하나 있었는데"라며 중얼거렸다. 나는 어머니가 지금은 세상을 어떻게 인식하고 있는지 끊임없이 자문해본다. 예전에 붉은 원피스를 차려입곤 하던 화려했던 어머니의 모습을 생각하면 눈물이 저절로 흐른다. 나는 대체로 아무것도 생각하지 않는다. 단지 어머니 곁에 있을 뿐, 그게 전부다. 내 곁엔 항상 어머니의 목소리가 있고 모든 것이 그 목소리 안에 응집되어 있다. 죽음이란 다른 모든 것을 초월해서 볼 때 목소리의 부재를 의미한다.

어머니는 "X 혹은 Y가, 또는 어떤 개가 갈망하다 죽었다" 하고 말한다. 갈망으로 죽었다는 것은, 다시 말해서 멀리 떨어져 있다는 고통 때문에 죽었다는 의미다.

10월 15일 화요일

시월의 음산한 날씨. 내가 문학교수 자격증을 받았던 1962년 가을도 오늘처럼 잿빛 하늘이었다. 어머니와 나는 마주 앉아 있다. 찐 과자 플랑을 먹는 어머니의 양손이 후들후들 떨린다. 어머니는 과자를 한 손에서 다른 손으로 옮겨 쥐면서 "배가 고팠어. 며칠 동안 아무것도 먹지 못했거든. 난 빈털터리였다구" 한다. 빈털터리란 말은 어머니가 돈이 부족할 때 습관적으로 쓰던 완곡한 표현이었다. 어머니가 한 다음과 같은 몇 마디 말이 내게 죄의식을 느끼게 한다. "저기서 축제의 시간을 보내고 싶어"라든가, "넌 한동안 이곳에 오기 위해 시간을 내려고도 하지 않았어"라는 이 말은 더 자주 와야만 한다는 뜻이다.

어머니는 내가 병원에 올 때마다 전에 어머니를 방문하러 왔던 사람들을 대하듯이 나를 맞이한다. "아! 마침 널 생각하고 있었어. 오랜만이구나!" 하는 말 속에는 여전히 기쁨에 대한 욕망, 행복한 삶에 대한 욕망이 간직되어 있었다. 자그마한 노파가 불안한 심정으로 어머니에게 "넌 가버리지 않을 거지?" 하고 물으면 어머니는 "그럼, 그렇구말구"라며 재빨리 대답해준다. 그 노파의 걱정이 아무리 사소한 것이라 해도 그 근심을 덜어주기 위해서 그런 것처럼.

10월 18일 금요일

어머니가 그랬듯이 시장에서 구걸하는 장님에게 적선했다.

"인생을 살면서 자신의 의무를 다해야만 한다"라는 어머니의 말에 비추어본다면 적선을 하는 어머니의 행위는 그 동냥자 스스로의 인생에 대한 의무를 단념시키는 일을 한 결과가 된다. 자신의 인생에 대한 의무를 다해야 한다는 이 말은 청춘 시절부터 귀가 따갑도록 들어온 터라 그때마다 얼마나 거부감을 일으켰는지 모른다.

어머니에 대한 환상적인 이미지가 내 머릿속에 그려진다. 가게에서 일할 때 입었던 작업복과 평상시에 입던 새하얀 블라우스 자락이 내 뒤에서 끊임없이 나부낀다.

10월 21일 월요일

어머니는 항상 사람들에게 말 한마디 던지는 것조차 조심스러워하곤 했다. "누구한테든지 말을 적게 해라" 하고 말하곤 했다.

나는 어머니의 사고방식과 사랑했던 방식을 전혀 이해할 수가 없다. 어머니의 관점에 따르면 섹스란 겉으로 보기에 절대적인 악이었다. 실제로도 그런 것일까?

오늘 어머니는 내게 "너와 떨어져 있는 것보다 함께 있으니 정말 좋은 것 같구나" 한다.

어머니는 평소에 친절이 몸에 배어 있었기 때문에 오늘 그 습관이 반사적으로 드러난 것이다. 어머니는 "앉을 의자가 없나요?"라고 간호사에게 물었다. 간호사가 어머니 곁에 선 채로 있었기 때문이다. 난 신문을 읽기 시작했다. 어머니가 과자 봉지를 집으려고 손을 앞으로 내밀었다. 난 어린아이에게 주듯 과자 봉지를 어머니에게 드렸다. 잠시 후 고개를 들어보니 어머니가 과자를 먹고 있는 모습이 눈에 띄었다. 어머니는 내가 과자를 빼앗아갈까봐 과자 봉지를 손가락으로 힘 있게 꽉 움켜잡고 있었다. 어머니가 어린아이로 뒤바뀐 모든 행동을 보일 때마다 난 두렵기만 하다.

어머니는 헝클어진 머리를 한 채, 양손이 생각대로 움직여주질 않아 한참 헤맨 후에야 두 손을 맞잡을 수가 있었다. 오른손이 마치 낯선 물체를 잡고 있는 양 왼손을 꽉 쥐고 있다. 과자를 먹으려고 시도할 때마다 입에 정확히 갖다 대지 못하고 빗나간다. 어머니의 손에 쥐여준 과자도 다시 떨어뜨리기 때문에 입안에 넣어드려야만 했다. 어머니는 너무도 쇠약해졌고 그럴수록 동물적인 본능이 강하게 드러난다. 난 모든 것이 두렵다. 희미한 어머니의 눈빛, 어머니는 갓난아이처럼 혀와 입술을 쪽쪽 빨아들였다 내밀었다 한다. 난 어머니의 머리를 빗기기 시작했고 머리를 묶을 고무줄이 없었기 때문에 머리 손질을 멈추었다. 바로 그때 어머니는 "난 네가 머리를 빗겨줄 때가 참 좋더라"라고 말하는 것이었다. 이 말과 동시에 어머니의 모든 동물적 본능의 모습은 사라져버렸다. 말끔히 머리를 빗고 씻은 어머니는 다시 인간다운 모습을 회복한 것이다. 어머니의 머리를 빗겨주고 단장해주는 이 기쁨이여! 내가 병실에 도착했을 때 어머니와 한 병실에서 생활하고 있는 옆 사람이 어머니의 목과 다리를 쓰다듬고 있었던 일이 생각났다. 살아 있다는 건 어루만지는 손길을 받는다는 것, 즉 접촉을 한다는 것이다.

11월 11일 월요일

어머니는 극도로 흥분해서 자신이 앉아 있던 휠체어의 손잡이를 계속해서 쥐어뜯으려고 했다. 손잡이에 꼭 매달린 채 전력을 다해 잡아당기고 있는 모습이 불안에 사로잡힌 것만 같았다. 이처럼 난폭한 행동을 보니 예전에 어머니가 내게 행사했던 모든 폭력과 과격한 행동을 돌이켜보게 되었다. 거칠며 고집불통인 악독한 어머니의 이미지가 회상되자 또다시 공포감에 휩싸였다. 견딜 수 없을 만큼 역겨운 똥 냄새가 진동하고 있었지만 언제 환기를 시켜야 할지 나 자신도 몰랐다. 어머니에게 먹을 것을 잘게 부수어드렸다. 어머니는 나를 안중에 두지도 않고 먹기만 했다. 작년까지만 해도 어머니는 내가 병실에 도착하는 것을 보면서 "쟤가 내 딸이라우"라고 말하곤 했는데 앞으로는 이런 말조차 하지 않을 것이다.

예전에 어머니가 방안에 양동이를 갖다 놓고 그 위에 앉아 음란한 거동을 하고 있던 기억이 난다. 밑을 씻는 것이었다. 이상야릇하고 거추장스러운 이 행동은 여자들이 공통적으로 겪고 있는 번거로움이었고 어머니는 어린 나에게도 이렇게 하도록 강요했다. 후에 나는 이런 행동을 소름 끼치도록 싫어했다.

아무튼 어머니는 자존심을 지키라고 내게 항상 가르쳐왔다. 어머니의 "넌 그러고도 참고 있냐?" 하는 말은 곧 '넌 네 남편한테 그렇게 취급받고도 견딜 수가 있냐?'라는 뜻이다.

어제는 고향 이브토에 다녀왔다. 이모와 여사촌들은 "넌 네 엄마를 쏙 빼닮았어. 꼭 네 엄마를 보고 있는 것 같아!"라고 했다. 이모는 어머니에 관해 이야기하면서 "네 엄마는 평생 동안 일만 했어. 마룻바닥을 깨끗이 문질러 닦으면서도 네 아버지한텐 '내버려둬요. 내가 할 테니!'라고 말하곤 했지" 한다. 병에 대한 거부감을 지닌 채 자신의 강한 체력을 자랑스럽게 여기며 남보다 뒤떨어진 열등한 상태에 있는 것 역시 혐오스러워했던 어머니의 성품이 생각났다. 어머니는 일만 해대는 괴물 같았다. 나는 "넌 몸이 너무 약해"라는 어머니의 말이 제일 듣기 싫었다.

　어머니와 같은 병실을 쓰고 있는 노파가 어머니 곁에 앉아 있었다. 온전히 둘만이 알고 있는 은밀한 공모를 꾀하는 듯 무척 다정스러운 광경이었다. 15세기 이탈리아의 예술 운동에 참여했던 화가가 그려놓은 성화의 한 장면에서나 나올 법한, 감탄할 만한 햇빛이 가득 내리쬐고 있다. 말로 표현할 수 없는 본질적인 기쁨이 샘솟는다. 어머니가 그 노파에게 나를 가리키면서 "너 저 여자 아니?"라고 묻자 이 노파는 평소 습관처럼 제대로 대답을 못하고 우물거리기만 한다. 이 노파는 이미 오래전부터 자신의 의사를 말로 명확히 표현하지 못했다. 하지만 그들이 서로 말로써 통하는지 그렇지 않은지는 별로 중요하지 않았다. 난 그들을 마주 보고 앉아 어머니에게 에클레르 과자를 드렸다. (그 노파는 먹고 싶어 하지 않았다.) 그리고 곁들여 먹을 또 다른 종류의 것을 드렸다. 가끔은 나도 한 조각씩 먹기도 했다. 텔레비전에서 비엔나왈

츠 음악이 들려왔다. 난 일요일 오후만 되면 이브토에서 지냈던 일들을 회상해보곤 했다. 그건 흐르는 세월에 대한 단순한 감상만은 아니었다. 뭔가 다른 것, 필연적인 죽음에 대한 인식 같은 것이었다. 지금의 나는 연관 사슬 속에 묶여 있는 한 존재, 후손이 내 뒤를 계승해나갈 끊임없는 혈통에 포함된 하나의 존재다.

나는 목욕용 수건으로 어머니의 입을 닦아드렸다. 어머니는 나를 쳐다보더니 "너 행복하니?"라고 물었다.

화장실에 가보니 바닥이 온통 오줌으로 말라붙어 있었다. 아침에 A의 집에서 한바탕 언쟁을 벌이자마자 곧 의무적인 화해를 했던 일이 생각났다.

난 어머니의 성 표현 방식을 전혀 이해할 수가 없다. 어머니가 한 말들 중 하나를 예로 들자면, 그녀는 "만약 사람들이 그걸 알게 된다면 수치심을 느끼게 될 거야"라고 말하곤 했다.

11월 24일 일요일

　가끔 어머니는 나를 마치 모르는 사람 대하듯이 거만하게 위아래로 훑어본다. 난 이런 어머니의 태도 앞에서 몹시 당황하곤 했다. 어머니는 에클레르 과자를 사방에 떨어뜨려가며 혼자 먹고 있었다. 그래도 어머니가 가장 손쉽게 먹을 수 있는 것은 과자뿐이다. 텔레비전에서는 "내일이면 네가 결혼을 하니까" 뭐 대략 이와 같은 가사로 60년대에 유행했던 가요가 흐르고 있었다. 그 시절 이후로 나의 인생은 이렇게 진행되어왔고 어머니는 언제나 내 인생 속에서 나와 함께해왔다.

　어머니는 기분이 언짢은 것 같았다. 나로서는 기분을 전환시켜드릴 다른 방도가 없어서 어머니 몸에 오데코롱 화장수를 가볍게 뿌려드렸다.

음식물을 입안에 넣으려 할 때마다 어머니는 초점을 제대로 맞추지 못했고, 음식물은 계속해서 입 가장자리 오른쪽으로 빗나갔다. 똑바로 먹을 수 있도록 도와드렸다. 어머니는 손가락에 아무것도 쥔 것이 없을 경우에는 손가락을 쉴 새 없이 입에 갖다 댔다. 아이들도 그렇게 하는지 난 잘 모르겠다. 기억나지 않는다.

어머니와 관련된 이 모든 상황을 글로 적을 때 나는 내가 사용하고 있는 낱말들을 생각지도 않고 할 수 있는 최대한으로 빨리 글을 쓴다. (마치 글 쓰는 것이 나쁜 죄를 짓는 것인 양 말이다.) 오늘 어머니는 꽃무늬가 새겨진 실내 가운을 입고 있었는데 그 가운은 타월 천처럼 털이 온통 보슬보슬 일어나 있는 옷감으로, 이미 낡아버려 실오라기들이 여기저기 삐죽 튀어나와 있었다. 순간적으로 어머니는 동물의 털을 뒤집어쓰고 있는 것처럼 보였다.

어머니는 과일 젤리를 다 드셨다. 이제 어머니는 사탕 봉지를 가져다 옆에 놓아드려도 봉지를 만지지도 않을 것이고 사탕 한 개를 집으려고 안간힘을 쓰지도 않을 것이다. 어머니는 이젠 움켜잡거나 갈기갈기 찢어놓으려고만 한다.

안경 쓴 여자가 울면서 "죽어버리고 싶어"라고 말하자 항상 눈이 붉게 충혈된 남자, 바로 곁에 있던 남편은 "나를 말려 죽이는 건 바로 너야"라고 나지막이 대답했다. 아마도 그 말이 사실일 것이다. 어떤 병실에서 여자의 고함치는 소리가 들려온다. 이 소리는 농장 안뜰에서 꽥꽥거리며 뒤쫓아 다니는 오리의 울음소리와 거의 비슷하다.

병실을 떠나기 전에 어머니에게 물을 마시게 해주었더니 "넌 복 많이 받을 거야" 한다. 이 말은 내 가슴을 뒤흔들어놓았다. 죄책감도 버거운데 오히려 상을 받을 것이라니…….

차를 타고 집으로 돌아가는 고속도로 위에서 손가락을 펼쳐보니 어머니에게 뿌려드린 오데코롱 화장수 냄새가 풍겨왔다. 나도 왜 그랬는지 그 이유는 알 수 없지만 이 냄새를

맡자마자 이브토에서 열렸던 장터가 회상되었고 어머니와 함께 걸어나오던 그 장터의 출구가 생각났다. 아마도 그때 맡았던 어머니의 화장분 냄새 때문일까?

어머니 얼굴에 어두운 그림자가 자주 비친다. 어린 시절, 어머니는 내게 있어 하얀 그림자였다. 내가 여섯 살이 될 때까지 어머니는 나를 하얀 인형이라고 불렀다. 이 별명을 내가 어떻게 잊을 수 있단 말인가? 내 인생의 처음과 끝, 즉 삶과 죽음의 중간지점에 위치해 있는 내가 가진 것이라곤 치매에 걸린 어머니 외엔 이제 아무것도 없다.

12월 8일 일요일

어머니가 나를 향해 돌아보았다. 꽃무늬 블라우스를 입고 입을 벌린 채 이번에는 머리를 묶고 있었다. 병실에서는 여전히 똥 냄새가 진동했다. 나 혼자서는 환기시킬 수가 없었다. 그렇다고 사무실에서 이런저런 얘기를 나누고 있는 여간호사들과 간병인들을 방해할 수는 없는 노릇이었다. 그들의 말소리가 들려왔다. 그중 한 사람이 "그게 바로 문제라니까"라는 말을 되풀이한 후 다시금 "아무런 보람도 없는 일을 반복한다는 것이지"라고 덧붙인다. (내 생각엔 이 여자가 이젠 포기했다는 말을 하고 싶었던 것 같다.)

어머니는 첫 번째로 손에 쥔 과자는 입술에 제대로 닿지 못했지만 두 번째 과자는 입안에 넣을 수 있었다. 그래도 어머니는 아직 행동을 진보시킬 수가 있다. 장발 스타일의 이상주의자(자기 스스로 내게 이상주의자라고 말해줬다), 예순여덟 살로 나잇살깨나 먹은 남자 간호사가 내 요청에 따라 어머니의 얼굴에 있는 검은 점을 살펴보러 와주었다. 점에서 피가 흐르고 있었기 때문이다.

　어머니는 일층 로비에 있었다. 어머니 혼자서만 벽 쪽으로 몸을 돌린 채 안락의자에 앉아 있었다. 천장에서부터 걸쳐 내려오는 꽃장식이 길게 펼쳐져 있었다. 어머니는 이 꽃장식을 가리키면서 "저건 아니의 원피스야"라고 말했다. 오로지 나 하나만을 생각하고 있는 것이다. 로비의 벽지를 보니 불현듯 1950년쯤 이브토의 카페에서 보았던 벽지가 생각났다. 마치 나의 어린 시절 이후로 아무런 일도 일어나지 않은 듯한 기분이었다. 그리고 전 생애란 한갓 인생의 다양한 정경이 첩첩이 포개진 하나의 축적에 지나지 않는다는 생각과, 생의 노래가 축적된 것에 불과하다는 느낌이 들었다. 나는 모든 사람과 어울려 텔레비전 앞에 머물러 있었다. 어머니 뒤에 있던 어떤 여자가 혼자서 낄낄거리며 웃어대자 이 여자보다 치매가 덜 진행된 또 다른 여자가 "그만 좀 웃어! 미쳤군!"이라고 소리친 후, 심하게 노망이 든 어떤 노파를 염려해주면서 쉴 새 없이 사람들을 훈계하느라 바빴다. 노망이 든 그 노파는 안락의자에 앉아 있는 어떤 남자를 자꾸만 귀찮게 했다. 난 창가에 있는 노인을 알아볼 수가 있었다. 항상 로비에서 전화를 걸어 통화하고 싶어 하지만 단 한 번도 상대방의 응답을 들어본 적이 없던 그 노인이었다. 어떤 남자의 굵은 음성도 들려오고 (그런데 누구의 음성일까?) 배 속에서 울려나오는 듯한 거친 음성도 들린다. 이곳에선 목소리들이 전부 야생 상태로 되돌아가 거칠기 짝이 없다.

모퉁이 벽 쪽에 산타클로스 할아버지로 분장한 사람이 있었다. 텔레비전에서는 자크 마틴이 사회를 보는 퀴즈 프로그램이 방영되고 있었는데 어떤 녀석이 미국 여행 티켓을 상품으로 타자 쉴 새 없이 사람들을 훈계하고 있던 그 노파가 "와! 세상에!"라며 탄성을 질러댔다. 곧이어 텔레비전 화면에 선전 광고로 매니큐어를 칠한 발톱이 관능적으로 나타났다. 어린아이, 어른, 노인으로 이어지는 인생의 여정을 생각해본다. 하지만 텔레비전에서는 마치 인생이 아름다움, 젊음, 모험만으로 이루어진 듯 항상 변함없는 이미지만을 부각시킨다.

12월 22일 일요일

　초콜릿 상자를 무릎 위에 얹어놓은 채 나는 어머니 침대 앞에 놓여 있는 의자에 앉아 있었다. 어머니는 또다시 달콤한 군것질거리를 찾기 시작하더니 내 무릎 위에 있던 초콜릿을 탐욕스럽게 바라보았다. 그러고는 뜻대로 움직여주질 않는 손가락으로 초콜릿을 잡으려고 바둥거린다. 어머니는 각종류대로 사탕을 드신 후 입 주위를 꼼꼼히 닦아냈다. 내가 앉아 있는 의자는 어머니가 앉아 계신 침대보다 낮은 위치에 있었기 때문에 내가 어머니를 바라보려면 고개를 좀 치켜들어야만 했다. 열 살 때에도 난 이렇게 고개를 들고 어머니를 바라보았다. 내가 어른의 나이에 다다르면 어머니는 성큼 노령의 시기로 달아나 있다. 예나 지금이나 우리의 나이 차이는 항상 변함없이 유지되고 나는 이렇게 한결같이 어머니를 올려다보아야만 하는 의식을 치러야 한다.

내가 집으로 돌아가려 할 때 어머니는 "왜 날 데려가지 않는 거니, 나랑 있으면 더 재미있을 텐데"라고 말했다.

*1986*년

어머니의 현재 생활을 이야기하고픈 소망을 가지게 된 후로는, 어머니를 문병하고 난 후 지금까지 항상 써오던 일기를 계속해서 쓸 수가 없었다. 아마도 더 이상 글을 쓸 필요성을 느끼지 못했기 때문일 것이다. 무엇보다도 어머니의 수많은 사연들, 즉 어머니의 과거 속에 내가 존재해 있었고 그때문에 더욱 이 글쓰기의 필요성을 느끼지 못했다.

하지만 나는 어머니가 이처럼 행동하는 까닭이 무엇일까

하는 고민에 점점 더 깊이 빠져들어갔다. 어머니가 돌아가시지나 않을까 두려웠다. 때론 심지어 어머니를 집으로 다시 모셔갈 생각도 해보았다. 어머니는 여전히 미친 듯한 행동을 계속하고 있다. 어머니의 이러한 행동 때문에 나는 1970년과 1983년, 두 차례에 걸쳐 어머니를 우리 집에 모셔오지 않을 수 없었다. 하지만 그 결과 어머니와 함께 산다는 건 불가능하다는 사실을 곧 깨닫게 되었다. 나로서는 어찌해볼 도리가 없었다.

2월 12일 수요일

　내가 도착했을 때 어머니는 한 손을 구부린 채 앞으로 내밀어 안락의자 위에 걸쳐놓고 멍하니 허공을 바라보고 있었다. 이제는 당신과는 멀리 떨어진 채 존재하고 있는 세계에 도달하여 만지고 싶어 하는 갈망 같은 것이 느껴졌다. 어머니는 진정 아직도 주위 세계를 탐색하고픈 욕구에 사로잡혀 있는 것이다. 요즈음 어머니는 오른손이나 왼손으로 혼자서 식사를 할 수 있게 되었다. 하지만 여전히 더 야위어간다. 어머니를 뵈러 올 때마다 내 속을 뒤집어놓는 일이 꼭 일어나게 마련이다. 이런 일이 생길 때면 모든 공포가 한꺼번에 몰려온다. 오늘 속상했던 일은 어머니가 신고 계신 갈색 양말이 너무 헐렁했기 때문이다. 무릎까지 올라오는 이 양말은 어머니가 야윈 나머지 너무 커져서 자꾸만 슬슬 흘러내렸다.

난 나도 모르게 이상한 행동을 한다. 어머니가 입고 계신 환자복을 들추어 맨살이 드러난 엉덩이를 본다. 끔찍하도록 피골이 상접해 있다.

치아가 다 빠져버린 모습으로 어머니가 웃을 때면 옛날 우리 집에서 일해주던 가정부의 모습과 비슷하다.

오늘은 날씨가 맑고 쌀쌀했다. 이 년 전…… 어머니가 치매 초기증세를 보이기 시작했던 그 무렵을 기준으로 나는 그 시점에서 더 이상 벗어나질 못하고 있다. 그 당시 어머니는 마야(우리가 기르던 암고양이)를 데리고 산책하러 나가곤 했고 공증인을 만나고 싶어 했으며 저녁마다 손자들과 함께 잠자리 위층으로 올라가곤 하셨다.

2월 20일 목요일

글을 쓴다는 모든 행위가 어렵고 고통스러워진다. 나는 어머니의 어린 시절과 청춘 시절을 이야기하면서 생기 넘치고 아름다우며 열기로 가득 찬 어머니의 모습을 머릿속에 그려본다. 하지만 오늘도 나는, 피골이 상접한 채 입을 딱 벌리고 잠자고 있는 어머니의 모습을 발견한다. 이런 어머니를 바라보고 있자니 "엄마, 바로 나란 말이야!"라고 소리치고 싶은 욕구가 치밀어 올랐다. 어머니에 대한 상반적인 두 개의 이미지를 서로 일치시킬 수가 없어서 안타까웠다. 따라서 나는 어머니의 과거 모습을 회상하는 데 그치지 않고 현재의 형상을 좇아서 분리된 이미지를 통일시키기 위해 어머니가 이렇게 안락의자에 앉아 있는 바로 그 순간을 향해서 글쓰기의 행보를 옮겨간다. 하지만 어머니가 더 이상 의자에 앉아 있지 않게 된다면, 내가 글을 쓰고 있는 시간보다 어머니가 살아 있는 생명의 시간이 더 빨리 흘러가버린다면 어찌할 것인가…… 나는 지금 내가 글을 쓰고 있다는 사실이 삶을 위한 작업인지 죽음을 위한 작업인지 분별할 수가 없다.

노파들에게 과자를 나누어주는 시간이다. 어떤 간병인은 반복해서 "목요일마다 과자를 나누어주는 목요일의 부인들이 왔어요!"라며 소리친다. 무보수로 일하는 이 부인들은 노파 한 사람당 과자를 두 개씩 나누어준다. 어머니가 찐 과자 플랑을 먹다가 너무 커서 도로 내뱉어도 난 이제 신경질을 부리지 않고 잘게 부수어드린다. 어머니의 수척해진 모습이 몹시 걱정스럽다. 이젠 아마 간병인들도 가만히 앉아 어머니에게 먹을 것을 줄 수 있는 인내심을 잃어가는 것 같다. 어머니는 내게 "넌 참 친절하게도 시중을 잘 들어주는구나……"

라고 말한다.

　오랫동안 어머니에겐 더 이상 별다른 변화가 없었고 건
강 상태도 악화되지 않은 것 같았다. 나 역시 타성에 젖은 채
이 모든 상황에 적응해갔다. 어머니는 음식을 드실 때 여전
히 손을 입에 제대로 갖다 대지 못한다. 게다가 입술 주위가
파랗게 멍들었는데 아마도 침대 난간에 부딪쳐서 그런 것 같
다. 이런 경우 어른들이 아이들에게 하던 말들이 생각난다.
"훈장 달았냐?" 또는 "어떻게 된 거야? 멍청하게스리."

어머니에게 아몬드로 만든 과자를 드렸지만 혼자서는 드실 수가 없었기 때문에 맨입술만 쪽쪽 빨고 있었다. 바로 이 순간 나는 어머니가 어서 돌아가셔서 더 이상 노쇠한 몸으로 고통받지 않기를 바랐다. 어머니는 온몸에 힘을 주어 뻣뻣하게 굳어지는가 싶더니 앉은 자리에서 일어나려 애를 썼다. 어머니가 앉은 자리에서 들썩거리자마자 구역질 나는 악취가 풍겨 나왔다. 이제 막 먹을 것을 받아먹은 갓난아기처럼 어머니는 용변을 본 것이다. 참담한 마음에 온몸의 힘이 쫙 빠져버린다. 무기력감 그 자체였다. 어머니는 오므리고 있던 오른손으로 거칠게 나를 확 붙잡는다. 손가락을 통해 느껴지는 힘 역시 갓난아기처럼 연약하다.

3월 부활절 일요일

어머니가 이곳에서 세 번째로 맞이하는 부활절 축제일이다. 병원에 올 때마다 점점 더 어머니를 알아보기가 힘들어진다. 어머니의 얼굴이 예전의 모습과 전혀 달라졌기 때문이다. 오늘 어머니의 입이 오른쪽으로 돌아가 있었다. 안면 마비 증세였다. 난 초콜릿을 끼얹은 닭요리를 가져와 어머니에게 드렸다. 내가 닭고기 조각을 너무 크게 뜯어드렸기 때문에 어머니는 한입에 밀어넣지 못하고 고기 조각이 미끄러져 내렸다. 어머니는 놓친 고기 조각을 다시 붙잡으려 애썼지만 턱까지 미끄러진 후에야 겨우 잡을 수 있었다. 다른 어떤 고통들보다도 바로 이런 어머니의 몸짓, 그리고 허공 속에서 허우적거리는 또 다른 온갖 몸짓을 보고 있을 때가 가장 견디기 힘들다. 곧이어 어머니는 초콜릿 조각을 입으로 가져갈 생각은 않고 한참 주물럭거린 후에야 먹으려 했지만 이미 다 녹아 손에 붙어버렸다. 어머니는 초콜릿을 뒤범벅하여 여

나는 나의 밤을 떠나지 않는다

기저기 묻혀놓았고 바로 이러한 상황에 부딪치자 내 속에 쌓였던 모든 것이 요동치며 올라왔다. 더 이상 공포는 문제가 되지 않았으며, 이젠 공포를 느낀다는 것 역시 필연적인 것이 되어버렸다. 나는 "자, 어서 초콜릿 범벅을 만들어 완전히 얼굴에 뒤집어쓰지 그래요"라며 소리쳤다. 일종의 분노 같은 것이 치밀어 올랐다. 평소에 느끼던 분노는 모든 것을 파괴하고 더럽히고 오물 속에서 뒹굴어대며 느끼곤 했던 나의 어린 시절에 근원을 둔 것이었다. 하지만 이번에는 어머니를 향해 솟구치는 분노였다.

어머니에게 식사를 떠먹여드린 후 몸을 씻겨드렸다. 그러고 나자 어머니는 "넌 치아가 다 온전하니? 난 틀니가⋯⋯"라며 이해할 수 없는 말을 계속했다. 난 어머니에게 틀니를 다시 하나 맞추어드리겠다고 말했다. 난 어른들이 아이들에게 그렇게 하듯이 어머니에게 아무것이나 다 이야기했다.

어머니와 같은 병실에 있는 노파가 눈물을 흘리고 있었

다. 안락의자에 앉아 흐느껴 우는 것이었다. 초콜릿을 좀 드리려 했지만 숙였던 고개를 들어 보이며 거절했다. 울어서 퉁퉁 부어오른 얼굴이 아주 보기 흉했다. 이런 경우 어떻게 처리해야 할지 감당하기 힘들었다. 그다음 상황도 난감하기이를 데 없었다. 나는 어머니가 타고 있는 휠체어의 제동 장치를 확인하려고 몸을 구부리고 있었는데 어머니도 몸을 숙이더니 내 머리를 껴안았다. 어머니의 이 몸짓, 바로 이 사랑을 나는 한동안 망각한 채 지내왔다. 이 사랑의 몸짓을 잃고서도 어머니는 이렇게 살아가는 것이다. 어머니, 나의 어머니는.

4월 6일 일요일

   어머니의 얼굴이 아주 온화해 보였다. 경련을 일으켰던 턱도 반듯이 제자리로 돌아왔고 겁먹던 시선도 전혀 흔적 없이 사라졌다. 간병인들이 어머니에게 치수가 큰 모직 양말과 고무장화를 신겨드린 모양이다. 어머니는 환자복을 치켜들고는 서혜부에 머큐로크롬을 바르고 있다. 아마도 오줌 눌 때 통증을 느껴 안절부절못하기 때문인 것 같다. 지금 어머니는 이 년 전 부활절에 내가 이곳 병실에서 보았던 그 노파의 자세를 뒤쫓아 똑같이 행동하고 있는 것이다. 둘의 거동이 막상막하다. 그 당시 그 노파는 수치심도 없이 자신의 음부를 드러내놓고 있지 않았던가.

4월 7일 월요일

어머니는 돌아가셨다. 이루 말할 수 없이 고통스럽다. 오늘 아침부터 내내 울었다. 지금 무슨 일이 일어나고 있는지 나는 모르겠다. 모든 것이 고스란히 거기 제자리에 있건만 생각은 멈추어버렸다. 그렇다. 정지해버린 것이다. 이렇게까지 괴로울 줄은 미처 몰랐다. 어머니를 다시 보고 싶은 욕망을 주체할 수가 없다. 이 순간이 오리라고는 상상도 못했고 예측조차도 못했다. 어머니가 돌아가시느니 차라리 미쳐서라도 살아 있기를 바랐다.

머리가 아프고 토할 것만 같다. 나는 어머니와 화해하려고 이 모든 시간을 보냈지만 충분히 화해하지 못했다. 어제가 어머니를 마지막으로 볼 수 있는 날이 될 줄은 꿈에도 생각지 못했다.

어제 어머니에게 가져다드린 개나리는 아직도 잼을 담았던 병 속에 꽂힌 채 탁자 위에 있었다. '숲속의 과일'이라는 네모난 판자 모양의 초콜릿을 가져다드렸더니 어머니는 판 한 줄을 모두 먹었다. 어머니를 씻겨드리고 오데코롱 화장수를 뿌려드렸다. 그게 끝이었다. 어머니는 오직 생명력일 뿐 그 외에 아무것도 아니었다. 어머니는 움켜잡고 일어서기 위해서 두 손을 앞으로 내밀곤 했던 것이다.

어머니는 가엾은 작은 인형 같았다. 나는 레이스가 달린 하얀 잠옷을 간호사에게 건네주었다. 어머니는 이 잠옷을 입고서 땅속에 묻히길 원했기 때문이다. 하지만 간호사들은 아무것도 하려 들지 않았다. 난 그 잠옷을 어머니에게 갈아 입혀드리고 싶었다.

이젠 어머니의 목소리를 들을 수 없을 것이다.

어제 어머니가 한 말들을 아무것도 기억해낼 수가 없다. 아니, 기억나는 말이 있다. 어머니는 사람들에게 "자, 모두들 자리 잡고 앉으세요"라고 말했다. 대략 이런 말을 했던 것 같다.

4월 8일 화요일

오늘의 태양은 어머니를 위해 비추지 않았다. 어머니는 생명력, 오직 그뿐이었고 강렬함 자체였다.

음산한 날씨다. 어머니는 그토록 싫어하던 이 신도시에

서 돌아가셨다. 내가 이 고통에서 곧 벗어날 수 있게 될까?

　일거수일투족을 옮길 때마다 어머니와 관련된 추억들이 떠오른다. 어쩌면 난 이렇게 나의 고통을 이야기하고 기록하여 진술함으로써 내부에 존재할 수 있는 모든 고통의 뿌리를 끌어내어 고갈시켜버리고 지쳐버린 고통이 더 이상 작용하지 못하게 하고 싶었는지도 모른다. 글쓰기와 함께 고통을 상쇄시켜가고자 했던 것 같다. 이전에 적어놓았던 메모들을 다시 읽어내려갈 수가 없다. 너무도 고통스럽기 때문이다. 가장 끔찍한 것은 어머니가 피폐하기 시작한 때부터 최근 이 년 반 동안의 기록이다. 이 기간 동안 어머니는 나와 가까워졌고 그러고 나서 돌아가셨다. 어머니는 다시 어린애가 되었지만 성장하지는 않았다. 자꾸만 어머니에게 음식을 먹여드리고 손톱을 잘라드리고 머리 손질을 해드려야 할 것만 같은데 어머니는 계시지 않는다. 지난 부활절 일요일, 깨끗하고 부드럽던 어머니의 머릿결. 그 모든 것이 멈추어버렸다니 믿기지가 않는다.

또다시 오늘은 시작되었고 모든 것이 완전히 끝나버린 건 아니다.

내일 나는 어머니의 관 속에 꽃 한 송이를 던져드리고 어머니의 묵주를 놓아드릴 수 있을 것이다. 하지만 어머니를 위하여 세상에 남겨놓은 것이 아무것도 없다. 뭔가 글로 쓰인 것 외에는. 어머니에 대한 그동안의 기록을 책으로 펴낼 생각을 하니 두렵다. 문학은 어머니를 위해서 아무것도 할 수 있는 능력이 없다.

루브레 동네를 지나왔다. 어머니는 이 회색빛 동네를 좋아해본 적이 없었고 이 파리 지역에서 어머니는 불행했다. 1984년 일월에 어머니를 모시고 갔던 미용실 앞을 지나가보고 싶다.

지금 이 순간 어머니에 관한 글을 쓰면서 어머니가 살아계셨다, 등등 미완료된 표현으로 반과거를 사용하고 있지만 오늘 불면의 밤을 지새고 나면 앞으로는 이미 완료된 사실로 대과거의 표현을 사용하게 될 것임을 깨닫는다. 어머니를 마지막으로 보았던 일요일, 그 마지막 날이 항상 머릿속에서 맴돈다.

4월 10일 목요일

또다시 무슨 일이 생길 것만 같은 불길한 예감이 들어 불안하기 그지없다. 하지만 더 이상 아무 일도 일어나지 않으리라는 것을 난 알고 있다.

"이들 여기 한자리에 모이다(나의 아버지와 어머니를 말한다)." "그녀는 이제 무거운 짐을 벗어버렸다." 이해할 수도 없고 감동적이지도 않은 이 말들을 사람들은 필수적으로 언급해야 하는가 보다. 오늘 아침 정육점에서 (내가 이곳에 마지막으로 와본 것은 꽤 오래전의 일이었다) 사람들은 고기의 어떤 특정 부위를 꼼꼼하게 고르느라 늑장을 부렸다. 정말 지겨웠다.

지난 일요일 어머니 곁에 앉아 새끼 노새를 데리고 있는 바딤의 이야기를 읽어주던 일이 생각난다. 그때 어머니는 잠시 동안 신문을 집으려고 손을 뻗었고 또 다른 노파는 문을 닫으려 하고 있었다.

지하실로 내려가보았다. 동전 지갑이 들어 있는 어머니의 여행용 가방과 흰색 여름용 핸드백, 머플러 몇 장이 있었다. 나는 여행용 가방을 벌려놓은 채 이러한 몇 가지 물건을 앞에 두고서 멍하니 그 자리에 머물러 있었다. 내가 무엇을 기다리고 있는 건지 나 자신도 몰랐다.

내가 어머니에게 썼던 편지들도 거기에 있었지만 난 그것을 펼쳐보고 싶지 않았다. 차마 읽어볼 수가 없었다.

인생을 살아오면서 나는 단지 두세 번 정도 이런 상태를 경험했다. 실연의 슬픔을 겪었을 때와 유산을 한 후에 나는 지금처럼 제정신이 아니었다. 예전에 어머니와 떨어져 있어 슬퍼했던 경험은, 어느 목요일 오후 루앙에서 어머니를 만나지 못하고 헤맸을 때와 1960년도에 영국으로 떠나는 배를 타기 전 칼레에서 어머니와 헤어져야만 했을 때였다.

나는 어머니가 다시 어린 여자아이가 되어버렸다는 사실을 인정했다. 그런데도 어머니는 성장하지는 않았다. 난 처음으로 "시간이 넘쳐 흐른다"라는 엘뤼아르의 시구절을 이해하게 되었다.

기사를 쓴다거나 토론회에 참석하는 등, 사람들이 내게 요청하는 모든 것을 할 수가 없을 것 같다. 모두 다 공연한 짓처럼 보인다.

가장 곤란한 점은 이 년 전부터 어머니에 관한 글을 써왔다는 것인데 〈피가로〉지에 원고를 투고해왔고 〈제2의 신문〉에서는 중편소설을 썼으며 어머니에게 병문안 다녀온 후에는 항상 메모를 해왔다. 어머니가 돌아가실 수도 있다는 가능성을 생각해보지도 않고 글을 써온 것이다.

채점해야 할 학생들의 답안지를 받았다. 평소 때처럼 귀찮다는 기분이 드는 것이 아니라 과연 답안지를 채점할 수 있을지 망연한 느낌뿐이었다. 채점을 하건 안 하건 그것이

중요한 것이 아니란 생각이 들었다.

내가 다섯 살 되던 해 어머니 혼자서 루르드로 성지순례를 떠났을 때, 그때 나는 어머니가 죽을 것이라고 생각했다.

난 도처에서 어머니의 사랑을 찾아다녔다. 지금 내가 쓰고 있는 글은 문학이 아니다. 그동안 내가 썼던 책들과 차이점을 발견할 수 있기 때문이다. 아니 오히려 그렇지가 않다. 별다른 차이점이 없다. 왜냐하면 나는 보상받으려는 욕구와 이해하고자 하는 욕구를 지니지 않고서는 글을 쓸 수가 없기 때문이다. 물론 우선순위는 보상 욕구다. 아니 M이라는 사람이 전화통화로 내게 말하길, 느끼는 바를 직접 그대로 옮겨 적을 수는 없는 일이며 우회적으로 표현할 필요성이 있다고 했다. 난 그 말을 이해할 수가 없다.

내 맘속에 드리운 애증의 그림자. 난 결코 그에게 내가 유산했다는 사실을 말할 수가 없었다. 하지만 이제 와서 그건 중요한 일이 아니다.

나는 내용을 파악하지도 않은 채 신문을 여러 번 되풀이해서 읽었다. 꾹 참고 읽어낼 수 있을 만한 별다른 책이 없었기 때문이다. 어떤 책들은 이제 막 내가 몸소 체험했던 일들을 이야기하고 있어서 읽기가 힘겨울 것 같았고 또 다른 책들은 꾸며낸 이야기들이라서 완전히 무가치하게 느껴졌다.

코르들리에 근방에 있던 미장원에 다시 한번 들러보고 싶다. 1984년 일월에 어머니를 모시고 이 미장원에 갔었기 때문이다.

나는 글을 전혀 쓰지 않고서 이 고통의 날들이 끝날 때까지 참고 기다릴 수 있을 것이다. 아니, 난 그럴 수가 없다.

침울한 내 마음의 상태는 지금보다도 한층 더 밑바닥으로 침잠해갈 수도 있을 것이다. 난 그것을 느낄 수가 있다.

내가 이제까지 경험했던 모든 고통은 지금 내가 겪고 있는 고통의 반복일 따름이었다.

피아노를 조율 받으려고 전화로 약속을 정했다. 상대방 여자는 "오늘이 구일이지요? 아니 십일이구나!" 하며 웃었다. 세상에는 오늘 날짜가 사월 구일인지 십일인지도 모르고 무심코 지나쳐버리는 사람들이 수두룩하다. 내겐 어머니가 안 계신 하루하루가 이토록이나 버텨나가기 힘든 시간인데…….

어머니를 만나뵙고 난 후 써오던 문병일기를 다시 읽어보기가 두렵다.

집으로 발걸음을 돌렸다. 돌아가서 내 침대를 정리하고 먹을 것도 좀 만들어야겠다고 생각했다. 하지만 아무것도 절실하지가 않았다. 집으로 돌아와 책상 앞에 앉았을 때 내가 할 수 있었던 것은 겨우 위의 글들을 적는 일뿐이었다.

정원을 가꾸었다. 이 순간이야말로 모든 것을 망각할 수 있는 최상의 시간이다. 나는 가로수 길에서 흙을 긁어내고 말라붙은 뿌리들을 잘라내었다. 어머니가 아직 살아 계셔서 나와 함께 정원을 가꾸었던 그때에도 오늘처럼 안개가 자욱하고 쌀쌀한 날씨였다.

아마도 나는 이 고통의 나날들로부터 탈출하게 되는 그날을 참고 기다릴 수 있을 것이다. 그 후에야 나는 어머니에 관한 글을 쓸 수 있을 것이다. 하지만 이 고통의 나날들 자체는 진실을 실감할 수 있는 시기다. 비록 그 진실이란 것이 어떤 것인지는 모른다 해도.

내가 어머니에게 문병 다녀온 후 그때마다 어머니에 관한 글을 썼을 때, 그건 바로 생명을 붙잡기 위한 행동이 아니었단 말인가?

4월 11일 금요일

내 몸의 상태가 좋지 않다는 것을 알 수 있다. 학생들의 답안지를 두세 번씩 다시 읽어본 후에야 이해가 되니 말이다.

이런 상황의 나를 초월하기 위해서라도 나는 이야기를 해야 할 것이다. 내 책상 서랍 속에 있던 한 다발의 서류가 생각났다. 이 서류는 어머니의 신상에 관련된 것이었다. 서류들을 전부 버릴 수가 없어서 두세 다발 정도만 남겨둔 것이었다. 1983년 구월부터 1984년 구월까지 이브토에서 세르지로 어머니가 주소 변경 신청을 했던 인수증이 들어 있었다.

간헐적으로 배가 아파온다. 예를 들면 지금처럼 인수증을 발견했을 때 그러하다. 나는 아무것도 하고 있지 않다. 그러나 그러한 가운데서도 단 한 가지 알고 있는 것은 더 이상 기다려야 할 게 아무것도 없다는 사실이다.

내가 지금 실제로 읽을 수 있는 것이라곤 신문밖에 없다.

아마도 언젠가는 어머니를 문병하고 돌아와 써놓았던 메모들을 읽을 수 있게 될 것이고 난 이 메모들을 읽으면서 계속 교차되어 나타나는 삶과 죽음의 연속성 사이에 끼인 채 이 경계를 극복하지 못할 것이다. 지금 이 순간 나는 단절 상태에 있다. 어머니가 돌아가신 날인 월요일을 기점으로 모든 것이 중단되어버린 상태다.

4월 12일 토요일

안시에 살고 있는 어머니 친구들 중의 한 분으로부터 조의를 표하는 카드를 받았다. '인생이란 다 그런 거야!' 난 이런 표현 앞에서 멍하니 얼이 빠져 있었다.

지난주에 나는 자동차를 타고 가면서 그 어느 시간 전까지 무슨 일이 일어나길 계속해서 바랐고 그렇게 간구한다면 그와 같은 일이 내게 일어날 것이라고 끊임없이 예측해보았다. 하지만 난 이제 더 이상 아무것도 기대하지 않는다.

내가 어린 시절에 살던 동네의 어떤 여자는 십 개월 된 어린 딸아이를 잃어버리고서도 오후에는 미장원에 갔다. 지금에서야 나는 그 여자의 심정을 진정으로 이해할 수 있을 것 같다. 기대를 망각해버리려는 그 심정을.

어머니에 관해 써놓은 글들을 다시 읽어보기가 두렵다. 살아 계신 어머니를 보았던 그 마지막 날과 장례식에 관한 글을 쓰기 시작하는 것도 두렵다.

여느 때와 다름없이 어머니를 보러 간 수많은 일요일 중의 하나였던 그 일요일과, 마지막 날 즉 어머니가 돌아가신 날인 월요일, 나는 이 두 개의 날을 하나로 결합시킬 수가 없다. 삶과 죽음은 서로 분리된 채 어떤 상황에서든 모든 측면에 잔재해 있다.

나는 지금 분리된 상태에 있다. 어느 날 이와 같은 분리는 종결될 것이고 모든 것은 마치 하나의 이야기처럼 결합될 것이다. 내가 글을 쓰기 위해서는 일요일과 월요일이라는 이 두 개의 날이 나의 나머지 인생에서 하나로 녹아들기를 기다려야만 할 것이다.

이 년 육 개월 전부터 나는 어머니가 살아 계시기를 소망해왔기 때문에 나는 이미 내가 분리된 상태에 있다는 것을 알고 있었다. (내가 이런 상태에 있다는 것을 깨달았던 시기는, 잠들어 있는 어머니의 모습을 발견했던 그 어느 날이었다.) 그때부터 이미 나는 삶과 죽음의 갈림길을 예감했는지도 모른다. 나는 어머니가 쇠약하긴 하지만 살아 있는 것으로 받아들였다.

지금에야 나는 내가 분리된 상태에 있다는 사실을 깨닫던 그날의 의미를 명백히 이해할 수 있을 것 같다. 오월이었던 그날은 해 질 무렵, 석양이 고요히 비추었고 어머니는 자리에 누워 잠자고 있었다. 바로 그때, 일요일 오후만 되면 어머니와 함께 낮잠을 자곤 했던 어린 시절의 추억이 생각났다. 뒤를 이어 떠오르는 기억이 있었다. 1958년 해안 지역인 세에 있을 때 나는 클로드 G의 생각을 머릿속에서 떨쳐버릴 수 없는 상태에서 오한이 들어 침대에 누워 있었고, 1984년에는 A 때문에 또 한 번 그런 경험을 했다. 두 사람과 단 하나뿐인 똑같은 사랑을 했던 것이다.

잠에서 깨어나면 어머니가 돌아가시고 안 계시다는 사실을 깨닫는다. 매일 아침 나는 어머니의 죽음으로부터 탈출해 나온다. 어제는 장례식을 치러준 사람을 다시 만났다. 전형적인 유형의 장의사인 그는 옆가르마를 탄 채 직업적인 동정심에서 우러나오는 의례적인 태도로 고개를 약간 숙이고 있었다.

여전히 날씨가 쌀쌀하다. 어제는 눈까지 내렸다. 잠에서 깨어나면서 오늘도 역시 똑같은 생각에 사로잡힌다.

처음 며칠 동안 나는 억제하지 못하고 계속해서 울기만 했다. 그러나 지금은 어떤 물건을 바라본다거나 할 때 갑자기 울음이 북받쳐 오른다.

오늘은 일요일이다. 난 오늘 처음으로 두세 시경이 되어도 병원에 가지 않을 것이다.

어머니에게 드렸던 개나리는 동네 근처에서 산 것이었다.

집 안에 있는 것보다 밖에 나와 있는 것이 더 고통스럽다. 바깥에 있으면 마치 내가 어머니를 찾고 있는 것 같은 기분이 든다. 바깥, 그것은 세상이기 때문이다. 예전엔 세상 어딘가에 어머니가 존재해 있었다.

어머니가 세르지에 있는 우리 집으로 떠나오기 전에 어머니와 나는 서류들을 정리하고 내버리기 위해서 1983년 구월에 어머니의 원룸 아파트에 함께 있었다. 그것은 이미 종말의 시작인 셈이었다.

전에 써두었던 일기들을 다시 읽어볼 수가 없다.

어머니에 관해서 사실대로 글을 쓸 수도 없다.

나는 어머니를 마지막으로 문병 갔던 그날의 모든 일을 기억해내려고 애썼다. 마치 무엇인가를 보전하려는 듯이.

4월 14일 월요일

오늘 아침엔 어머니가 아직도 정녕 살아 있는 것만 같았다. 제과점에 가서 과자 앞에 서게 되면 '이젠 과자를 살 필요가 없구나' 하고 깨닫게 된다. 더 이상 병원에 갈 필요가 없는 것처럼.

어린 나를 울리곤 했던 〈흰 장미〉라는 노래를 생각해본다. 난 이 노래를 회상하며 또다시 눈물짓는다.

4월 16일 수요일

　작업실에 혼자 있게 되자 또다시 무겁게 짓눌리기 시작한다. 나는 어머니에 관한 이야기만 할 뿐 다른 어떤 것도 글로 쓸 수가 없다.

　나는 생전 처음으로 '어머니는 돌아가셨다'라는 말을 글로 적은 것이다. 무섭다. 나는 소설을 쓰면서 결코 이 말을 사용할 수 없게 될 것이다.

4월 20일 일요일

　50세 때 찍은 어머니의 사진들을 들여다보았다. 생기가 넘쳐흐르는 얼굴과 적갈색의 머리를 늘어뜨리고 있는 어머니는 꼭 살아 있는 듯한 느낌이었다. 흑백사진이었지만 햇빛이 내리쬐고 있어서 마치 컬러사진을 보고 있는 것 같았다.

오후 서너시쯤 되면 이 주일 전 어머니가 살아 있었던 그 마지막 날의 이야기를 하고 싶어진다.

4월 28일 월요일

오늘 아침, 계산서에 적힌 막힌 물이라는 말을 읽으면서 내가 예닐곱 살 적에 이 말을 꽉 막힌 놈이라고 부르곤 했던 기억이 떠올랐다. 내가 부르던 어머니의 별명이었다. 눈물이 흘러내린다. 유수 같은 세월의 흐름 때문이다.

나는 나의 밤을 떠나지 않는다

작가의 말

    어머니는 교통사고를 크게 당한 후 두 해가 지나자 기억상실증과 함께 이상한 행동을 보이기 시작했다. (사고 당시 어머니는 차에 치여 쓰러졌고 자동차는 전복되어 불길이 활활 타올랐다.) 하지만 사고 후에 어머니는 완쾌되었고 몇 달 동안은 전처럼 계속해서 노르망디 지방 이브토에 있는 노인복지회관의 원룸 아파트에서 혼자 생활할 수 있었다.

    삼복더위가 기승을 부리던 1983년 여름, 어머니는 몸이 불편해 병원에 입원했다. 난 어머니가 며칠 동안 아무것도 먹지도 마시지도 않았다는 사실을 알게 되었다. 냉장고 안에는 달랑 각설탕 한 봉지만 들어 있었기 때문이다. 앞으로 어머니 혼자 이곳에 남아 있는다는 건 도저히 불가능한 일이었다. 나는 세르지에 있는 우리 집으로 어머니를 모셔가기로 결심했다. 이젠 장성한 나의 두 아들 에릭과 다비드가 어렸을 적에 어머니가 이들의 양육을 도와주었기 때문에, 어머니에게 이미 친숙한 이 환경에서라면 혼란상태를 극복할 것이며 여태껏 그랬던 것처럼 생활력 있고 자립심 강한 여성으로 되돌아올 것이라고 확신했다.

그러나 현실은 전혀 그렇지 않았다. 어머니의 기억력 감퇴가 계속 진행되자 의사는 치매가 아닌가 의심했다. 어머니는 여러 장소들을 기억하지 못했고 사람들과 손자들, 내 전 남편 그리고 나조차도 알아보지 못했다. 어머니는 정신 나간 여자가 되어 온 집 안을 사방팔방으로 헤매며 돌아다니거나 복도 계단 위에 오랫동안 앉아 있곤 했다.

1984년 이월, 어머니가 음식을 거부하고 탈진상태에 빠지자 의사는 퐁투아즈에 있는 병원으로 어머니를 이송했다. 어머니는 여기서 두 달 동안 머물렀고 곧이어 개인병원에서 임시 체류한 후 퐁투아즈 병원 노인 병리학과에 재입원 허가를 받았다. 이곳에서 어머니는 1986년 사월 79세를 일기로 별세했다. 사인은 혈전증이었다.

나는 어머니가 우리 집에 머물렀던 바로 그 기간 동안 나를 공포로 몰아넣었던 어머니의 여러 가지 행동들과 어머니가 한 말들을 날짜도 쓰지 않은 채 종이 조각들 위에 적어두기 시작했다. 나는 어머니가 그처럼 피폐해져가는 모습을 견딜 수가 없었다. 어느 날 난 화가 나서 어머니에게 "제발 미친 짓 좀 그만하세요!"라며 고함지르는 꿈을 꾸었다. 그 후로 나는 퐁투아즈 병원에서 어머니를 문병하고 돌아올 때면 점점 더 절박하게 느껴지는 어머니의 말들과 모습을 어김없이 적어야 했다. 나는 글의 순서를 염두에 둘 겨를조차 없이 격정에 휩싸인 채 아무렇게나 재빨리 글을 써내려갔다. 내가 써놓은 글 여기저기에서 끊임없이 어머니의 영상을 느낄 수가 있었다.

1985년 말, 나는 죄의식을 느끼면서 어머니의 생활에 관한 이야기를 쓰기 시작했다. 나는 글을 쓸 때 어머니가 어느새 세상에 생존해 있지 않게 될 시점에 이미 내가 와 있다는 느낌이 들었다. 그리고 글쓰기의 고통을 실감했다. 젊었을 때 나는 글쓰기가 세상을 향한 전진이라고 생각했지만 어머니를 문병하고 있는 현재의 글쓰기를 통해서는 어머니의 가혹한 피폐 상태를 확인하게 될 뿐이었다.

어머니가 돌아가셨을 때 나는 이 일기 외에 또 다른 이야기, 1988년에 출판될 예정이었던 『어떤 여자』라는 소설을 다시 쓰기 시작하면서 지금 쓰고 있는 이 일기의 첫머리를 찢어버렸다. 난 『어떤 여자』라는 책을 쓰는 동안에는 어머니가 치매를 앓았을 때 적어두었던 글들을 다시 읽어보지 않았다. 그 글들이 내겐 금기사항 같았기 때문이다. 나는 그날들이 최후였다는 걸 미처 깨닫지도 못한 채 어머니의 마지막 달들과 마지막 나날들 심지어 최후의 전날까지 기록에 남긴 것이다. 어쩌면 무의식이란 모든 글쓰기의 특징일 것이며 나의 글쓰기 또한 분명 무의식을 특징으로 한다. 이러한 무의식은 이 글을 쓸 때 결과적으로 끔찍한 상황의 밑거름이 되어버렸다. 어떤 식으로든 난 이 문병일기를 쓰면서 시나브로 어머니의 죽음 앞에 도달하게 된 것이다. 오랫동안 나는 이 일기를 결코 발표하지 않으리라 생각했다. 아마도 나의 어머니 그리고 나와 어머니의 관계가 소설 『어떤 여자』에서 내가 접근하려 했던 단 하나의 이미지, 단 하나의 본성으로 남아 있길 바랐기 때문일 것이다. 나는 이제 한 작품을 쓰며 추종하게 되는 통일성이나 일관성은 ─ 더구나 가장 상반되는 재료들을 고찰하려는 작가의 의도가 그 어떤 것이든 간에 ─ 그 실현이 가능할 때마다 번번이 위태로워질 것이라고 생각한다. 내게는 이 일기 속의 글들을 공개한다는 것이 나의 글쓰기의 통일성을 위협하는 계기가 될까봐 위험천만하게 느껴진다.

당시 나는 경악과 혼란을 겪는 가운데 이 글을 썼고 쓰인 상태 그대로 이 일기를 넘겨줬다. 나는 추호도 어머니 곁에 있었던 순간들을 수정해서 옮겨 적고 싶지 않았다. 그 순간들은 시간의 흐름을 벗어난 순간 ─ 아니면 짤막하게 되찾았던 유년시절의 한순간쯤으로 생각해도 좋을 듯하다 ─ 오로지 '이분은 내 어머니이시다'라는 생각 외에는 다른 모든 것을 망각하며 지냈던 순간들이었다. 어머니는 더 이상 오래전 내 삶의 저편에서부터 이제까지 내가 알아왔던 여자가 아니었다. 그럼에도 불구하고 어머니의 참담한 모습에서 언뜻언뜻 비치는 당신 본래의 목소리와 몸짓, 웃음을 발견할 때면 그 어느 때보다도 나의 어머니임을 실감했다.

어떤 경우에도 이 일기를 양로원에서의 장기체류에 관한 객관적 증언으로 읽지 말 것이며 하물며 어떤 고발로도 읽지 말고 (간병인 대부분이 정성스런 헌신을 보여주었다) 오로지 고통의 잔재로서 읽어주길 바란다.

'나는 나의 밤을 떠나지 않는다'라는 말은 어머니가 글로 쓴 마지막 문장이다.

치매에 걸리기 전 본래 모습의 어머니를 꿈에서 자주 뵌다. 어머니는 마음속엔 살아 있지만 실제론 죽었다. 나는 잠에서 깰 때마다 잠시 동안 어머니가 죽었으면서도 동시에 이중 형상으로 실제로 살아 있음을 확신한다. 마치 죽음의 강을 두 번 건넌 그리스 신화의 인물들처럼.

1996년 3월

아니 에르노

옮긴이의 말

어떤 이에겐 '죽음'이라는 단어가 생경할 수도 있고, 또 다른 이에겐 생활 속 언사처럼 쉽게 느껴질 수도 있다. 포괄적 의미의 죽음이란 물리적 소멸뿐만 아니라 정신적 부동의 상태 혹은 정신적 도태의 양상으로도 나타나기 때문이다.

『나는 나의 밤을 떠나지 않는다』는 치매에 걸린 어머니를 곁에서 지켜보는 가운데 느꼈던 체험을 작가가 일기 형식으로 적은 작품이다. 따라서 한계상황에 직면한 인간 본연의 모습이 잘 드러나 있을 뿐만 아니라 작가 자신의 죽음에 대한 인식과정이 정제되지 않은 진솔한 언어로 표현되어 있다. 이 작품에서 에르노는 자신의 다른 작품들과 마찬가지로 일상적 소재를 깊이 있게 응축하는 데 단문과 극도의 생략법을 사용하고 있다. 다만 약간의 차이가 있다면 문장 간 여백의 의미, 곧 침묵의 소리가 더욱 깊어졌다는 사실이다. 명사 혹은 부사로 압축되어 끝나는 단호한 문장들은 어머니의 죽음을 인식해가는 작가의 절박한 심정을 그대로 진달하는 역할을 한다. 또, 작가의 침묵적 고백은 인간의 삶 속에 필연적으로 내재된 실존적 고독감이라고 해도 좋을 것이다. 옮긴이로서는 이러한 여백의 의미를 풀어내는 것이 숙제였고, 그 과정에서 단문이 장문이 된 것이 사실이다.

에르노가 추구하는 작품세계는 현실의 속성을 직접 포착하는 것이다. 피폐한 어머니를 인식해가는 과정에서 작가에게 강박관념처럼 작용하는 것은 어머니의 고통을 자신이 분담해주지 못한다는 죄책감과 자신의 글쓰기를 통해 어머니의 죽음이 더욱 명백한 현실로 규정지어진다는 두려움이다.

하지만 이 글 전반에 걸쳐 나타나는 죄책감과 두려움은 결과적으로 작가에겐 글쓰기의 원동력이 되었을 뿐만 아니라 그 작업을 통해서 죽음의 그림자를 극복하게 해준다. 시공의 질서를 초월한 채 글 속에서 영원히 존재하게 될 어머니, 그것은 인간의 필연적 조건인 죽음에 직면한 충격을 오히려 영원한 생명의 이미지로 소화해내는 작가의 능력에서 비롯되었다고 말할 수 있다. 글쓰기를 통해 현실적 삶의 고통에 밀착해 떠나지 않으려는 작가의 의지는 독자로 하여금 소중하고 경건한 고통의 의미를 깨닫게 해주는 동시에 삶에 대해 끝없는 희망을 가질 의무를 부여해준다.

이 작품은 지극히 한국적인 정서로 이어진다고 할 수 있다. 그 이유는 인간의 공통된 정서인 근원적인 도리를 향한 사람의 마음은 동서양을 초월하여 깊은 공감대를 형성하기 때문이다.

세월의 흐름에 따라 만물의 변화가 있듯, 고통의 지속에 따라 사람들 각자에게 각인되는 영혼의 무게 또한 다양한

옮긴이의 말

것임을 깨닫는다. 작가의 삶의 소리가 우리에게 아프게 다

가오는 것은 그 고통이 진실하기 때문이 아닐까.

김선희

나는 나의 밤을 떠나지 않는다

초판   1쇄 발행 1998년 9월 20일
개정판 1쇄 발행 2021년 7월 20일
개정판 2쇄 발행 2022년 10월 14일

지은이 아니 에르노
옮긴이 김선희
펴낸이 정중모
펴낸곳 도서출판 열림원

출판등록 1980년 5월 19일(제406-2000-000204호)
주소 경기도 파주시 회동길 152
전화 031-955-0700
팩스 031-955-0661
홈페이지 www.yolimwon.com
이메일 editor@yolimwon.com
페이스북 /yolimwon
트위터 @yolimwon
인스타그램 @yolimwon

주간 김현정
편집 조혜영 황우정 최연서
디자인 강희철
마케팅 홍보 김선규 최가인
제작 관리 윤준수 이원희 고은정 원보람

표지·본문 디자인 석윤이

ISBN 979-11-7040-047-9 04860
ISBN 979-11-7040-045-5 (세트)